UNA PROPUESTA PARA AMY

TESSA RADLEY

HARLEQUIN™

Editado por HARLEQUIN IBÉRICA, S.A.
Núñez de Balboa, 56
28001 Madrid

© 2008 Tessa Radley
© 2014 Harlequin Ibérica, S.A.
Una propuesta para Amy, n.º 2004 - 15.10.14
Título original: Pregnancy Proposal
Publicada originalmente por Silhouette® Books.

I.S.B.N.: 978-84-687-4790-3
Depósito legal: M-21769-2014
Editor responsable: Luis Pugni
Impresión en CPI (Barcelona)
Fecha impresion para Argentina: 13.4.15
Distribuidor exclusivo para España: LOGISTA
Distribuidor para México: CODIPLYRSA
Distribuidores para Argentina: interior, BERTRAN, S.A.C. Vélez
Sársfield, 1950. Cap. Fed./ Buenos Aires y Gran Buenos Aires,
VACCARO SÁNCHEZ y Cía, S.A.

Capítulo Uno

Los pasos de Heath Saxon resonaron sobre las pulidas losas del vestíbulo de Saxon´s Folly Estate & Wines. Había esperado una mejor acogida a su regreso como enólogo a la prestigiosa bodega ubicada en Hawkes Bay, en el costa este de Nueva Zelanda. Tal vez la cálida bienvenida de su padre. No todos los días el hijo pródigo volvía a casa.

No había venido de muy lejos. La distancia era más afectiva que física. Vivía en el valle del otro lado de la colina y solía ir a cenar allí todos los jueves siguiendo una vieja tradición familiar. Pero desde aquella airada discusión que había tenido con su padre, no había vuelto a pisar la empresa vinícola en la que había trabajado tan duramente.

Contempló la bodega. Las cubas de roble seguían oliendo tal como recordaba.

–Heath…

Todos los músculos se le pusieron en tensión al oír aquella voz a su espalda. Se dio la vuelta. Era Amy. Suspiró al verla. Había estado tratando de evitarla.

Había una tímida sonrisa en sus labios de nácar. Tenía el pelo corto, de un color chocolate oscuro. Lucía unos pendientes de oro. Apenas llevaba maquillaje, solo el necesario para ocultar las ojeras que se vislumbraban bajo sus hermosos ojos ámbar. Parecía casi una colegiala con la camisa blanca de cuello barco y la falda azul marino.

–¿Sí, Amy?

–Taine acaba de llamar para decir que está enfermo. Dice que es solo algo una faringitis y que vendrá mañana al trabajo.

–Está bien.

–Dijo que le llamásemos para que nos informara de las tareas que tenía que hacer hoy.

–Lo llamaré.

–Gracias, Heath.

–Es un placer –replicó él, pensando en lo que realmente sería un placer para él: tenerla en la cama, saborear sus labios rosados y carnosos…

–¿Heath?

–¿Sí? –respondió él, medio hipnotizado por sus bellos ojos dorados–. Lo siento, estaba pensando en localizar a Jim para decirle lo de Taine.

Jim y Taine eran los dos operarios de confianza.

–Solo quería ser la primera en darte la bienvenida –dijo ella, poniendo los labios como si fueran un capullo a punto de brotar.

Luego se dio la vuelta y se alejó de él.

Heath se quedó mirando su esbelta figura y su trasero respingón moviéndose al compás de la recatada falda azul marino. Contuvo una maldición.

Acababa de regresar y ya se las había arreglado para conseguir enfadar a Amy Wright.

Tampoco tenía que extrañarse de ello. Desde

que había comprado a Ralph Wright, el padre de Amy, sus viñedos de Chosen Valley en bancarrota, había estado tan distanciado de ella y de su propia familia como lo estaban las colinas donde se asentaban ambas bodegas. Había incluso una demarcación entre ellas denominada La Divisoria.

Él había intentado salvar la viña, pero su noble gesto había sido malinterpretado por Amy, que había visto en ello una señal de prepotencia y oportunismo. Y su propio padre, Phillip Saxon, lo había tomando como un intento de hacerle la competencia.

Quizá su mala reputación impedía a los demás reconocer sus buenas intenciones. Por eso, había preferido mantenerse a distancia de Amy y de su familia desde entonces.

Había vuelto porque Saxon´s Folly necesitaba un enólogo jefe. Caitlyn Ross, la anterior enóloga, se había casado con Rafaelo, el hermanastro de Heath, y emprendía una nueva vida en España.

Por supuesto, su padre no le había pedido que volviera. Era demasiado orgulloso para eso. Había sido Caitlyn la que, deseando dejar Saxon´s Folly en buenas manos, se lo había pedido.

Heath vio cómo Amy desaparecía por el vestíbulo. Se sentía extraño allí y sospechaba que su corazón podía volver a jugarle una mala pasada.

Amy tuvo un día muy ajetreado. Faltaban solo tres semanas para el Festival de Verano de Saxon´s

Folly que tenía lugar la víspera de Navidad, con motivo del inicio de la vendimia. Todo el mundo parecía haberse vuelto histérico. El teléfono no había dejado de sonar en toda la mañana: «Amy, ¿podrías pedir más velas para la ceremonia de los villancicos?», «Amy, ¿te importaría conseguir más folletos?», «Amy, no te olvides de contratar tres carpas para el festival», «Amy, ¡no te lo vas a creer! Kelly Christie acaba de llamar para decir que le gustaría hacer un reportaje del festival para su programa de televisión del día de Navidad».

Llevaba así varias semanas. Dos meses, para ser exactos. Todo el mundo la llamaba para pedirle cosas. Todos menos Heath. El chico malo de los Saxon.

Cerró los ojos. Tal vez fuera mejor así.

–Amy, ¿sabes dónde está Alyssa…? ¿Te encuentras bien, querida?

Abrió los ojos y vio a Megan, la hermana menor de los Saxon, mirándola con cara de preocupación.

–Sí. Lo siento, me has pillado soñando despierta. Creo que ha ido a la ciudad con tu hermano.

–¿Con Joshua?

¿Con quién si no? Joshua era el prometido de Alyssa.

Vio un atisbo de tristeza en los ojos de Megan. Sin duda, debía estar pensando en Roland. Tragó saliva y miró hacia otro lado, tratando de contener las lágrimas.

–Querida, no seas tan dura contigo misma. Date un respiro.

–No, estoy bien. He tenido un día muy atareado, eso es todo. Una floristería de Auckland me llamó con mucha urgencia. Roland había encargado un ramo para mí... y querían saber los colores que había elegido para la boda a fin de poner los lazos a juego.

–¡Oh, Dios mío! –exclamó Megan, llevándose la mano a la boca–. Lo siento mucho, querida.

–Está bien, no es nada.

–No, no está bien. Roland...

–Está muerto. Ya no habrá ninguna boda.

Ella no quería la compasión de nadie. Roland era el hermano adoptivo de Megan y Heath, aunque nadie lo había sabido hasta hacía un mes.

–Amy, lo siento mucho –repitió Megan.

–Yo también. ¿Quién podía imaginarlo?

–Nadie. Todos esperábamos que os casaseis y fuerais felices.

–Creo que tenía catorce años cuando decidí que me casaría algún día con Roland Saxon. Se lo dije cuando cumplí los dieciséis, pero él me contestó que era demasiado joven para él. Así que volví a repetírselo en la fiesta de mi decimoséptimo cumpleaños.

Aquella noche de verano, él la había besado y ella había interpretado aquel beso como una promesa de amor y matrimonio.

Era por entonces demasiado joven. Demasiado idealista.

El teléfono móvil de Megan sonó en ese momento.

–Será mejor que contestes –replicó Amy, sacando un pañuelo para secarse las lágrimas.

Sonó también entonces el teléfono fijo de su mesa.

–Saxon´s Folly Estate & Wines, dígame.

Se trataba de una reserva para un grupo que quería hacer una cata de vinos.

Tomó nota de los datos y colgó.

Cuando Megan terminó de hablar por el móvil, vio que deseaba seguir con la conversación, pero ella no tenía ánimo para ello. Le dirigió una sonrisa y se puso a registrar la reserva.

Cuando alzó la vista, vio que Megan se había ido.

–Estoy preocupada por Amy.

Heath se quedó inmóvil al escuchar la voz de Megan.

Estaba contabilizando las botellas de vino por añadas de la bodega. Llevaban cosechando aquel vino desde que unos monjes españoles plantaron los viñedos hacía casi un siglo.

Miró un instante las letras doradas grabadas en la etiqueta de una botella que tenía enfrente. Luego volvió la cabeza hacia su hermana.

–Todos estamos preocupados.

–La muerte de Roland ha sido un golpe muy duro para todos –replicó Megan.

–Al menos, estamos ahora juntos para compartir el dolor.

–Sí, pero la pobre Amy está tan sola… Se me parte el corazón viéndola. Ella finge que está bien, pero es tan frágil. Lo está pasando muy mal.

Heath se encogió de hombros.

–Papá le sugirió que se tomara un descanso. Y Joshua y yo también. Se tomó dos semanas y cuando volvió estaba aún peor que antes. No sé qué podemos hacer.

Megan se apoyó en la vieja mesa que había servido de escritorio a todos los enólogos que habían trabajado en Saxon´s Folly.

–La boda habría sido dentro dos semanas. Debe estar pensando en ello todo el tiempo.

–Es probable –replicó Heath algo tenso.

Había estado tanto tiempo resistiéndose a aceptar aquella boda de Amy con su hermano que odiaba tener que volver a recordarla.

–Necesita mantenerse ocupada.

–¿Para qué?

–Para no seguir pensando en la muerte de Roland. Voy a tratar de que participe más activamente en los preparativos del festival –dijo Megan, muy amiga de organizar la vida de los demás–. Ella iba en el coche con él. Aún debe tener pesadillas por la noche.

Heath trató de apartar aquel trágico recuerdo de su mente. Deseaba olvidar aquella noche infausta en que su hermano murió.

Por eso, se puso a considerar la idea de su hermana. El Festival de Verano de Saxon´s Folly tendría lugar la víspera de Navidad. Una época con mucho trabajo. En las ediciones anteriores, Roland y Megan se habían hecho cargo de la mayor parte de la organización. Roland como director de marketing y Megan como relaciones públicas. Desde la muerte de Roland, Megan había estado asumiendo más la función de marketing, dejando la de relaciones públicas en manos de Alyssa Blake, la prometida de Joshua. Estaba seguro de que Amy acogería con entusiasmo la idea de colaborar más activamente en la organización del festival.

–No me parece mala idea –dijo él finalmente–, pero el festival no va a reemplazar a la boda.

–Lo sé, Heath.

–Tiene que asumir la realidad. Roland ya no estará nunca más entre nosotros.

Heath giró la cabeza y dio media vuelta a una botella de los estantes.

–Ella lo sabe perfectamente –replicó Megan–. Por eso, se siente tan perdida y desolada–. Tal vez tú podrías hablar con ella, Heath.

No. Él no quería hablar con Amy. Y dudaba mucho que ella quisiera escucharlo. Además, ya había hecho bastante daño a todos.

Dejó la botella en su sitio y se acercó a la mesa en la que Megan estaba apoyada. Se dejó caer en una silla y apoyó los codos en el escritorio.

–No –respondió él con firmeza.

–¿Te has peleado con ella? –preguntó Megan extrañada.

–¿Peleado? –exclamó él con el ceño fruncido–. ¿Por quién me tomas?

–Pensé que podría ser tu idea de una terapia de choque.

–¿Una terapia de choque? De ninguna manera.

Megan tomó un ejemplar del catálogos de vinos que mandaban a sus clientes VIP y pasó las hojas distraídamente.

–Está bien, me he equivocado. Me pareció que habías estado tratando de evitarla estas últimas semanas. Pensaba que erais amigos.

Desde el funeral de Roland, Amy había rechazado todos sus intentos de acercarse a ella. Hasta que, finalmente, se había dado por vencido.

–No exactamente.

Desde que Amy había cumplido los dieciséis años, lo que él sentía por ella no era amistad. Era algo mucho más peligroso.

–Supongo que después de lo que hiciste por ella…

–¿Qué he hecho yo por ella?

–Compraste la viña que su padre dejó casi en la ruina –respondió, dejando el catálogo en la mesa.

–Yo no hice eso por Amy. ¿De dónde has sacado esa idea? Lo hice por mí mismo. Cuando descubrí que Saxon´s Folly no era lo bastante grande para papá y para mí, comprendí que solo me quedaban dos opciones: trabajar para otra persona o montar mi propio negocio.

–¿Pero por qué Chosen Valley? ¿No te diste cuenta de la afrenta que eso podía suponer para nuestro padre?

–Fue una buena decisión.

—Pero podrías haber…

—Déjalo, Megan.

—Le conseguiste un trabajo a Amy aquí en Saxon´s Folly.

—¿Y qué? —replicó él, encogiéndose de hombros—. También lo conseguí para Caitlyn. Tal vez mi vocación frustrada sea la de gestor de recursos humanos.

Megan se echó a reír.

—¿Tú? ¿De recursos humanos? Eres demasiado blandengue para eso. Lo único que harías sería ayudar a la gente aun en contra de los intereses de la empresa. Conseguiste ese trabajo para Amy porque te daba pena, porque, habiendo estado tan mimada por su padre, no tenía conocimientos ni…

—¡Basta ya, Megan! —exclamó Heath, aliviado, sin embargo, de que su hermana pensara que había hecho aquello por altruismo y no por motivos personales.

—Está bien, dejémoslo así —replicó ella con una mirada de triunfo.

Cuando Megan se marchó, él se quedó pensativo. Si su hermana se había dado cuenta de que estaba evitando a Amy, los demás también podrían haberlo notado. Lo último que deseaba era preguntas incómodas. Tenía que hacer las paces con Amy. Y cuanto antes, mejor.

Amy lo vio llegar. Bajó la cabeza y se dedicó a introducir una larga lista de cifras de ventas en el ordenador. Cuando Heath se detuvo delante de su mesa, sintió una gran agitación en el pecho.

–¡Heath! ¡Qué sorpresa! –exclamó sonrojada.

Presentía que sus disimulos no le habían engañado.

Vio la imponente figura de Heath. Era alto y con el pelo bastante oscuro en comparación con el de Roland, que era casi pelirrojo. Tenía unos ojos negros inescrutables. La camiseta negra y los pantalones vaqueros igualmente negros contribuían a subrayar aún más su aspecto inquietante.

De adolescente había estado siempre metido en todo tipo de peleas. No en vano le llamaban Black Saxon. Pero siempre había sido muy amable con ella. Había sido un rebelde. Se había enfrentado con su padre, desafiando su autoridad. Su familia se sintió aliviada cuando se fue a la universidad. Ella había oído historias de sus novatadas y sus fiestas salvajes, pero lo encontró muy cambiado al regresar. Había madurado. Durante un tiempo, llegó a considerarlo uno de sus mejores amigos.

Pero en algún momento, algo se torció en su relación. Se volvió más reservado e introvertido. Y cuando el negocio de las viñas de su padre estuvo a punto de quebrar, Heath se apresuró a comprarlas por cuatro perras. Tal vez, sintiéndose culpable, le había buscado un trabajo en Saxon´s Folly… cerca de Roland.

Pero su amistad pareció romperse definitivamente después de la noche de la muerte de Roland.

Era un hombre inescrutable para ella. Fue incapaz de conocer sus sentimientos cuando se descubrió que Roland era su hermano adoptivo o cuando él se enteró de la llegada de su hermanastro Rafaelo el mes anterior.

Amy miró a Heath. Se sentía incómoda ante su presencia. Trató de remediarlo.

–¿Crees que Caitlyn será feliz con Rafaelo?

–¿Por qué no iba a serlo?

–No sé… Pensé que entre Caitlyn y tú había algo.

–¿Entre Caitlyn y yo? –dijo él, soltando una carcajada.

–Ella regresó de la universidad contigo –respondió Amy, con la mirada puesta en el teclado del ordenador.

–Sí, ayudé a Caitlyn. Todo el mundo sabía que era un chica inteligente que podía llegar muy lejos. Le hablé de ella a mi padre y por un vez me escuchó. Le ofreció un empleo durante las vacaciones, pero demostró ser tan buena en su trabajo que mi padre no dejó ya que se fuera.

–¿Te molestó que tu padre se convirtiera en su mentor? ¿Que ella ocupara tu puesto como enóloga jefe?

–En absoluto, fui yo quien se lo propuso a mi padre.

–Por lo que dices, siguió tu consejo

–Habría sido un estúpido si no lo hubiera hecho.

Amy alzó la vista para mirarlo a la cara.

–Sí. Siempre la has tenido en mucha estima. Tal vez por eso llegué a pensar que acabarías casándote con ella.

Heath se encogió de hombros en un gesto de indiferencia.

Amy siempre había creído que Caitlyn bebía lo vientos por Heath, pero luego había llegado Rafaelo y se había enamorado del español.

–Bien. Espero que Caitlyn y Rafaelo sean muy felices. ¿Han fijado ya la fecha de la boda?

–El año que viene, creo.

Amy se mordió el labio inferior y volvió a bajar los ojos al teclado.

–¿Amy?

Una lágrima fugaz salpicó la barra espaciadora.

–¡Amy!

Ella inclinó un poco más la cabeza. No quería que Heath la viera llorando.

Demasiado tarde. Él ya había dado la vuelta a la mesa y se había colocado a su lado.

Ella podía escuchar su propia respiración. Estaba temblando. Parecía como si todo el dolor y la emoción que había estado conteniendo estuvieran a punto de estallar. Heath le puso las manos en los hombros. Ella se puso aún más rígida y tragó saliva tratando deshacer el nudo que tenía en la garganta.

Él la agarró de los hombros haciendo girar la silla en redondo. Amy alzó la vista, vio su expresión atormentada y se apresuró a cerrar los ojos con toda la fuerza de que fue capaz. Pero no pudo evitar que las lágrimas corrieran por sus mejillas.

Escuchó un frufrú de tela como si él se estuviera inclinando hacia ella, pero no se atrevió a abrir los ojos. Luego sintió las manos de Heath levantándola de la silla. Se quedó sin aliento al sentir el contacto. De repente, se vio sentada en sus muslos. Él estaba arrodillado a su lado. La falda se le había subido varios centímetros por encima de las rodillas.

Trató de estirarla, pero la tela no daba de sí en la posición en la que estaba.

Heath la estrechó en sus brazos, atrayéndola con fuerza contra su pecho cálido y masculino. Olía a esencia de limón. Ella emitió un gemido y hundió la cara en la pechera de su camisa.

—Sé que lo amaste durante mucho tiempo. Debes sentir ahora un gran vacío.

Ella miró a Heath entre sollozos. Deseaba pedirle que la soltara, pero le faltaban las fuerzas. Las lágrimas seguían corriendo por sus mejillas.

—Llora todo lo que quieras, Amy. Te hará bien.

Ella no podía soportar que la viera así. Él siempre estaba tan seguro de sí mismo… Ya no era el chico impulsivo y pendenciero de antaño. Había madurado. Ella, en cambio, había sufrido el proceso inverso. Había pasado de ser la chica buena que hacía siempre todo lo correcto a una mujer que parecía haber perdido el norte y el control de su vida.

Heath permanecía callado, inmóvil, abrazado a ella.

Amy, haciendo un esfuerzo de voluntad, se apartó de él.

Vio entonces avergonzada una mancha en la camiseta negra de Heath, en el lugar sobre el que ella había estado lloriqueando como un bebé.

Tomó un pañuelo de un cajón de la mesa para limpiársela. Pero luego lo pensó mejor. No se sentía con fuerzas para... tocarlo.

Se apartó de él unos centímetros.

—Lo siento mucho. No sé que me pasa, pero no consigo dejar de llorar.

Él alargó la mano hacia ella.

—Has tenido un mal día y yo tampoco he hecho mucho para...

Ella se incorporó, pero tropezó con la silla. El techo y las paredes parecieron comenzar a dar vueltas a su alrededor, como si se estuviera produciendo un terremoto.

—Heath, no me siento bien.

Le flaqueaban las piernas y la vista se le nublaba. Vio a Heath de forma borrosa acercándose a ella. Luego todo se volvió oscuro.

Capítulo Dos

Heath llamó a un médico y luego la llevó a su casa en su flamante Lamborghini.

Subió las escaleras con ella en brazos, ante la cara de sorpresa del ama de llaves, y se dirigió a la habitación de invitados.

Era la casa donde había nacido y se había criado. Amy contempló la habitación con nostalgia. La última vez que había estado allí tenía las paredes de un color azul pálido desvaído. Heath debía haberlo renovado todo. Ahora tenía un papel de rayas muy elegante de color marfil y azul.

Heath dejó a Amy suavemente sobre la cama, descorrió las cortinas y abrió las ventanas de par en par para que entrara el aire fresco del campo.

–Ya estoy bien –dijo ella cuando él se volvió–. No necesito ningún médico.

–Llamé al doctor Shortt cuando te desmayaste. No creo que tarde ya mucho en llegar.

–¿El doctor Shortt? Hace años que no me ve. Creo que la última vez fue cuando tuve la varicela.

Eso había sido a los diez años de la muerte de su madre. Recordaba que su padre se había puesto muy nervioso. Ella tenía entonces quince años. Demasiado mayor para contraer la varicela.

–¿Quién es tu médico ahora? Lo llamaré si quieres. Aunque el doctor Shortt lo ha dejado todo para venir a verte.

Estaban en esas, cuando el doctor Shortt entró en la habitación con un maletín de cuero negro. Amy lo encontró igual que la última vez. Solo tenía algunos kilos de más y unas cuantas canas en las sienes.

–Amy, pequeña, ¿qué tal estamos? –dijo el doctor Shortt a modo de saludo como si ella fuera aún una niña, y luego añadió, dirigiéndose a Heath–: Siento no haber podido estar el mes pasado en el funeral de tu hermano. Tuve una urgencia.

Heath asintió con la cabeza y el doctor Shortt volvió a fijar la atención en Amy.

–Debe haber resultado muy duro para ti, querida.

–Sí –respondió ella, sin poder reprimir las lágrimas.

–Bien, vamos a ver qué te pasa –dijo el doctor Shortt, mirando de reojo hacia la ventana donde estaba Heath–. Bajaremos en seguida.

–Heath, puedes volver a tu trabajo –replicó Amy con voz temblorosa.

–No, prefiero quedarme.

–No, aquí no.

Ella no deseaba que él estuviera presente mientras el médico la examinaba.

–Está bien, esperaré fuera.

Cuando salió por la puerta, Amy se dejó caer sobre la almohada con un suspiro de alivio.

El doctor Shortt la miró fijamente con ojos escrutadores.

–Y ahora dime, ¿cómo estás?

–Desolada –respondió ella con una leve sonrisa–. Era lo esperable tras la muerte de Roland, ¿no?

El médico emitió un pequeño gruñido y sacó un termómetro del maletín.

–¿Duermes bien?

Ella se incorporó en la cama e inclinó la cabeza para que pudiera tomarle la temperatura en el oído.

–Los primeros días, apenas conciliaba el sueño. Pero este último mes me encuentro muy cansada a todas horas.

Shortt soltó otro gruñido, miró el termómetro e hizo unos cuantos garabatos en su libreta.

–El joven Saxon me dijo que te desmayaste.

El joven Saxon. Amy sonrió al volver a escuchar esa expresión.

–No fue nada. Me puse de pie bruscamente y sentí una especie de mareo.

Ahora el doctor Shortt no emitió ningún gruñido cuando sacó el manguito de medir la tensión arterial y se lo ajustó alrededor del brazo mientras apretaba la pera.

–Umm. Algo baja –dijo el médico al cabo de unos segundos.

–¿Tengo algo malo? –replicó ella.

–Deja que te examine.

Los siguientes quince minutos se le hicieron a Amy una eternidad.

El doctor Shortt le hizo ir luego al baño para tomar una muestra de orina y analizarla.

Al cabo de un par de minutos, la miró fijamente con cara de circunstancias.

—No tienes nada, Amy. Solo estás embarazada.

—¿Cómo? No es posible —dijo ella asustada—. ¿Está seguro?

—Ese cansancio, esa fatiga, esos mareos, esa bajada de tensión… son síntomas muy claros.

—¡Dios mío! —exclamó ella, tapándose la cara con las manos—. ¿Y qué voy a hacer ahora?

El doctor Shortt le preguntó cuándo había tenido la última regla.

—El último mes no me vino y la anterior fue algo irregular. Pero pensé que sería por el estrés.

—Habrá que hacerte una ecografía. Eso nos dará una idea más exacta del estado de tu embarazo.

Amy dejó caer las manos y se mordió el labio inferior.

—Sé muy bien desde cuándo estoy embarazada.

—En todo caso, debemos confirmarlo. ¿Pensabais Roland y tú tener hijos?

—Algún día. Una vez que estuviéramos casados.

Pero no ahora. Ella no había previsto ser una madre soltera. Eso no era su forma de hacer las cosas. Los bebés debían llegar en el seno del matrimonio. Cuando fuera la señora Wright. ¿Qué raro le sonaba eso ahora? Sintió deseos de llorar de nuevo. Su vida se había trastocado por completo.

—Te aconsejo que vayas a ver a una asistenta social —dijo el doctor Shortt, dándole una tarjeta de visita–. Si te sirve de consuelo, querida, después de tantos años de médico, aún considero un milagro la concepción de un bebé.

Amy se guardó la tarjeta en el bolsillo, sin poder salir aún de su asombro. ¿Cómo iba a dar a Kay y a Phillip Saxon la noticia de que ella, la novia perfecta que nunca había dado un paso en falso, estaba a punto de darles su primer nieto? Un hijo ilegítimo, fuera del matrimonio.

Heath estaba dando vueltas por el vestíbulo cuando Amy y el doctor Shortt salieron del cuarto de invitados. Se detuvo en seco al ver la palidez de Amy.

–¿Qué ocurre?

–Amy te lo dirá –replicó el médico muy sereno.

–¿Qué pasa? –preguntó Heath con cara de preocupación al ver que ella desviaba la mirada, y luego añadió, viendo que Shortt bajaba las escaleras con intención de marcharse sin esperar al té que le había prometido–: Gracias por venir, doctor.

–Vamos al cuarto de estar. Josie ha preparado el té. Tomaremos una taza y me lo contarás todo.

Bajaron las escaleras y entraron en el cuarto de estar. Ella se sentó en un sillón y Heath le sirvió una taza de té.

–El doctor Shortt no parecía muy preocupado.

–No, él lo considera un **milagro**.

–¿De qué milagro estás **hablando**, Amy?

–Estoy embarazada, Heath.

Por un instante, el rostro de Heath pareció iluminarse por un rayo de alegría y esperanza.

–¿Embarazada? ¿Estás segura?

–Sí. De tres meses. Ese es el milagro. Un milagro no deseado.

¡Embarazada! ¡Y de tres meses!, se dijo él para sí, emocionado. Pero luego recapacitó.

–¿Piensas abortar? ¿No quieres tener el bebé de Roland?

Amy abrió los ojos como platos.

–¿Cómo te atreves a pensar una cosa así de mí?

Heath recordó demasiado tarde que Amy tenía una visión muy clásica y romántica de la familia. Nada de bebés fuera del matrimonio. Ella deseaba una boda con vestido blanco, damas de honor y anillos sobre cojines de terciopelo. La idea de un aborto no podía caber en su mente.

–Lo siento. ¿Te has enfadado conmigo?

–Sí. No. No lo sé –dijo ella, bajando la cabeza entre sollozos.

Heath se acercó al sillón y se arrodilló a su lado.

–No –exclamó ella, tapándose la cara con las manos–. Aléjate de mí.

–¿Puedo saber por qué estás enojada conmigo?

Ella retiró las manos y frunció los labios, mirándolo fijamente.

Heath contempló aquella boca, aquel capullo de rosa que había sido objeto de su fantasías más secretas.

–No quiero hablar de ello –dijo ella, cruzando

los brazos y haciéndose un ovillo como si quisiera desaparecer de su vista.

–Amy, tenemos que hablar. No podemos dejar que esto…

–Déjame –respondió ella, poniéndose de pie–. Quiero volver de nuevo a mi trabajo en Saxon´s Folly.

–No lo permitiré.

–Tú no puedes…

–Por supuesto que puedo –dijo él con los dientes apretados.

–¿Piensas acaso retenerme por la fuerza? –exclamó ella con las mejillas encendidas.

–¡Por el amor de Dios, Amy! Sabes que nunca haría una cosa así. Solo quería decir que no puedo llevarte al trabajo en el estado en que estás… hasta que no te hayas recuperado.

–Está bien. Volveré andando entonces.

–¡Ni se te ocurra! No me importa si te enfadas conmigo, pero no voy a consentir que vuelvas hoy al trabajo. Debes descansar. Tómate el té mientras voy a decirle a Josie que prepare la habitación de invitados para ti. Me quedaré contigo esta noche.

–¡Eso es absurdo! –dijo ella, dirigiéndose muy decidida hacia la puerta–. Me voy a trabajar. Estoy embarazada, no enferma.

Heath la agarró del brazo cuando tenía ya la mano en el picaporte y se puso a forcejear con ella.

–Así que te crees ahora una experta, ¿no? ¿Qué sabes tú de embarazos?

Ella volvió la cabeza y él se encontró con sus

ojos ámbar mirándolo como un animal desespera-
do apresado en una trampa. Su expresión de vul-
nerabilidad le llegó al alma.

—No te preocupes por mí. Este es mi problema,
no el tuyo. Seguiré las indicaciones del doctor
Shortt. Me haré un escáner y un estudio prenatal.
Tomaré vitaminas y aprenderé todo lo que necesi-
te saber… Déjame, Heath. Ya se me han pasado los
mareos.

Ella tenía razón, se dijo él. No era problema
suyo que estuviera embarazada de su hermano. No
tenía por qué entrometerse en su vida.

Se echó a un lado, dejándole la puerta franca.

—Me alegra oír que vas a ser sensata.

—Y a mí me alegra que hayas comprendido que
no pienso quedarme aquí de ninguna de las ma-
neras. Si no quieres llevarme al trabajo, llévame a
casa entonces.

—Esta ha sido tu casa durante muchos años.
¿Por qué no…?

—No. Para mí, esta ya no es mi casa.

Ella había nacido y se había criado allí, pero
Chosen Valley pertenecía ahora a Heath. Él había
reformado todas las habitaciones. Todo estaba dis-
tinto. Cambiado. Aunque parecía seguir conser-
vando su clima cálido y cogedor. El viejo caballito
de madera con el que había jugado de niña aún seguía allí en un rincón de la habitación. Se imaginó
por un instante a su hijo balanceándose en él. Se
tocó el vientre y sintió un amarga sensación.

—Amy…

Ella fijó la mirada de nuevo en Heath.

–No quiero que le digas a nadie que estoy embarazada.

–¿Por qué demonios…?

–No digas palabrotas. A tu madre no le gustaría –dijo ella, dándose cuenta en seguida de lo ridículo que sonaban sus palabras–. Aún no estoy preparada para afrontar esta situación –añadió.

–Amy, esto no es tan malo. Como te dijo el doctor Shortt, realmente es un milagro.

–No, es algo terrible. Es lo último que hubiera deseado. Prométeme no decírselo a nadie.

–Mis padres estarán encantados de saber que estás embarazada de Roland y que van a tener un nieto.

Ella lo miró fijamente. Él no podía comprender la confusión, la desesperación y la vergüenza que se agitaba dentro de ella. Nadie podría.

–Roland está muerto. Esto que llevo dentro es una parte de mí misma. Es mi bebé… Por favor, Heath, prométemelo.

Él levantó las manos en señal de rendición.

–Está bien, está bien, si tanto te preocupa, te prometo que no se lo diré a nadie.

–Llévame a mi casa, por favor.

Capítulo Tres

Aborto. De nuevo volvía a oír esa palabra.

Amy miró a la persona que la había pronunciado. Carol Carter, la asistenta social, era una mujer regordeta de mediana edad con el pelo negro corto y unos ojos amables que parecían haberlo visto todo en la vida. Nada más entrar, Amy le había dicho que se sentía culpable por estar embarazada fuera del matrimonio y que eso iba en contra de sus principios. La serenidad con que la asistencia social le había dado aquel consejo la había horrorizado.

Por un momento, deseó tener a alguien a su lado. Roland. Megan. Necesitaba una mano a la que agarrarse. Pero Roland ya no estaba y Megan se había ido esa mañana a Australia por un par de días.

—¡No puedo hacerlo!

—Tiene que pensarlo bien antes de tomar una decisión, ahora que todavía estamos a tiempo.

—¿No es ya demasiado tarde para…? —preguntó Amy.

Carol volvió a examinar el informe del doctor Shortt que Amy le había llevado.

—No debería haber ningún riesgo para usted si

el procedimiento se lleva a cabo dentro del próximo mes.

—No, no puedo hacerlo.

—El feto se está acercando al final del primer trimestre.

El feto. Sí. Así era como debía llamarlo.

—También podría tener el bebé y darlo luego en adopción —añadió Carol, mirándola por encima de las gafas—. Le aconsejo que considere esta opción seriamente. Podría dar una gran satisfacción a una pareja que esté deseando tener un bebé.

Eso la hizo sentirse aún peor. Ella no quería estar embarazada. Y, sin embargo, en algún lugar podía haber otra mujer deseando desesperadamente un bebé.

Las lágrimas volvieron a brotarle.

—Piense en ello —dijo Carol—. Teniendo en cuenta su situación y cómo se sentiría siendo una madre soltera, podría ser lo mejor para el niño. Hágame llegar su decisión cuanto antes.

¡Lo mejor para el niño!

Amy se quedó desconcertada, mirando a Carol. ¿Podía ser capaz de renunciar a su bebé aunque fuera lo mejor para él? Había sido un trauma para ella enterarse de que estaba embarazada, pero ahora estaba empezando a aceptarlo.

Heath la estaba esperando cuando salió del despacho de la asistenta social.

—¿Qué estás haciendo aquí? —preguntó ella.

—Vi tu cita en el ordenador y pensé que podrías necesitar mi ayuda.

–¿Así que has estado espiándome?

Heath levantó una mano y se acercó a ella. Amy pensó que iba a tocarla, pero luego bajó el brazo.

–No, pero me preocupé cuando no fuiste a trabajar esta mañana. Mi padre me dijo tenías una cita con el médico, pero yo sabía que habías estado ayer con el doctor Shortt y me inquieté al saber que habías concertado otra cita.

–No quería que nadie supiera que iba a venir a ver a una asistenta social. No quiero que nadie pueda pensar que pretendo desprenderme de…

–Amy…

Pareció como si quisiera decir algo más, pero se limitó a pasarle un brazo por el hombro atrayéndola hacia sí.

Ella se puso tensa y él, al percibirlo, suspiró contrariado y retiró el brazo.

–Ven, te llevaré al trabajo.

–No hace falta que te molestes. He dejado el coche aparcado aquí mismo.

–No creo estés en condiciones de conducir. Le diré a alguno de los operarios de la bodega que se pase a recogerlo.

–Puede que tengas razón –admitió ella.

–¿Acaso no la tengo siempre? –exclamó él en tono burlón.

Amy se dio cuenta de que solo estaba bromeando para levantarle el ánimo. Pero no estaba de humor para reírse. La decisión que tenía que tomar pesaba sobre ella como una losa. Era una decisión que no solo le afectaba a ella.

***

Heath no la llevó directamente a Saxon´s Folly, sino que se dirigió al centro de la ciudad y detuvo el coche junto a una cafetería muy popular.

Amy se puso tensa al darse cuenta de sus intenciones. Heath temió que iniciara una nueva discusión, pero se sintió aliviado cuando accedió a entrar y sentarse con él en una mesa.

–Tomaré un té. Un té verde.

Heath frunció el ceño. El establecimiento estaba lleno y había un griterío que llegaba hasta ellos mezclado con el aroma irresistible del café.

–Hay aquí demasiada gente. ¿Prefieres ir a otro lugar más tranquilo?

–No deseo ir a ninguna parte contigo. Pensé que ibas a llevarme a Saxon´s Folly.

–Quiero hablar contigo antes.

–¿Hablar? ¿De qué?

–Del bebé.

Heath esperó un instante, convencido de que iría a decirle que eso no era asunto suyo. Pero ella permaneció en silencio, y él aprovechó la oportunidad para mirarla detenidamente. Ya no estaba tan pálida como el día anterior. Tenía un aspecto más saludable. Su piel parecía de nácar y su pelo tenía un brillo de terciopelo. Nunca la había visto tan hermosa e... inalcanzable.

–¿Por qué me miras así?

–¿Cómo?

30

–Como si fuera un insecto bajo el microscopio.

Él se echó a reír.

–¡Un insecto! ¡Qué disparate! Solo estaba pensando lo guapa que estás.

Ella se sonrojó.

Heath decidió cambiar de conservación.

–¿Te produce náuseas el olor del café?

–No he notado nada hasta ahora. Ni siquiera he tenido esos antojos de los que habla la gente.

–Me alegro de que no sientas mareos matinales ni tengas… antojos molestos.

–Soy una estúpida –dijo ella–. ¿Cómo no me habré dado cuenta antes?

Heath apoyó los codos en la mesa y se inclinó hacia adelante.

–Has tenido demasiadas cosas de las que ocuparte últimamente.

Heath se reclinó hacia atrás en la silla y observó como Amy jugueteaba nerviosamente con el sobre de azúcar en las manos. Siempre la había visto como una chica frágil y menuda. Había asistido de niña a clases de ballet, y se le notaba en la forma de moverse. Parecía que andaba sin apenas tocar el suelo. Sus dedos eran delicados Tenía las uñas pintadas de un color rosa suave. Llevaba el pelo corto muy bien peinado, dejando ver unos pendientes de oro.

Era la mujer más delicada y femenina que había conocido. Y si Roland no hubiera muerto, sería ahora la señora de Roland Saxon.

Ella alzó la vista pero fue incapaz de leer sus

31

sentimientos. Heath tenía mucha práctica ocultándolos.

–Se me olvidaba decirte que tu madre me llamó ayer por la mañana antes de que me desmayara.

La madre de Heath había descubierto que, al poco de casarse, su esposo, el padre de Heath, había tenido una aventura de la que había resultado un niño, Rafaelo, el hermanastro de Heath. Resentida por la traición de su marido, se había ido de casa para pasar una semana en Australia con su hermano y nadie sabía cuándo volvería.

–¿Dónde estaba yo cuando llamó?

–No me preguntó por ninguno de vosotros. Quería hablar con Phillip, pero no pude localizarlo. Dijo que volvería a llamar y me pidió que no se lo dijera.

–¿Y se lo dijiste?

–No. Le prometí no hacerlo y siempre cumplo mis promesas.

–No te preocupes, yo tampoco se lo diré. Ha sido un golpe muy duro para mi madre.

Los últimos dos meses habían sido horribles para todos. La muerte de Roland en un accidente de tráfico, la llegada de Rafaelo y el anuncio sorprendente de que él era el hijo ilegítimo de Phillip. Heath había perdido a un hermano, pero había ganado a otro. Lo peor había sido para Amy. Ella había perdido al amor de su vida.

–No sé cómo puede soportar que tu padre le haya engañado con otra mujer. Debió ser terrible para ella descubrirlo.

Heath se quedó mirándola fijamente tratando de desentrañar sus pensamientos. ¿Sabría ella que a Roland le gustaba flirtear con otras mujeres?

–¿Ocurre algo? –preguntó ella, al ver su mirada expectante.

«No, no sabía nada», se dijo él. Con mucha delicadeza, colocó una mano sobre la suya.

–Quiero que sepas que yo tampoco rompo nunca una promesa. No le contaré a nadie lo de tu bebé.

–No lo llames así.

–¿Cómo? –replicó él, inclinándose hacia adelante.

–«Tu bebé» –dijo ella con voz temblorosa–. No quiero que lo llames así.

–¿Por qué no? Es tu bebé.

–Pero no quiero pensar en él de esa manera –replicó ella con lágrimas en los ojos–. Aún no. No quiero ligarme a su vida hasta que decida lo que voy a hacer.

Heath le apretó la mano afectuosamente.

–La asistenta social me aconsejó que considerara seriamente la opción del aborto –dijo ella con la voz quebrada.

–¿Y qué le dijiste?

–Lo mismo que a ti. Que no podía hacerlo. Llegó a proponerme la posibilidad de... darlo en adopción.

–¿Y?

–No lo sé. Estoy confundida.

Heath vio su mirada desolada.

Le acarició el dorso de la mano con los dedos.

–No tienes por qué hacer nada que no quieras. Habrá un montón de gente dispuesta a ayudarte con el bebé. No estarás sola.

–¿Qué voy a hacer, Heath? –dijo ella, apartando la mano–. En circunstancias normales, nunca consideraría la posibilidad de renunciar a mi bebé, pero no estoy casada.

–Eso no importa…

–A mí, sí. No puedo olvidar que Roland era adoptado, y fíjate la alegría que llevó a tus padres. Si no hubieran tenido hijos, Roland habría sido su único motivo de felicidad. Este bebé podría colmar las ilusiones de otra pareja.

Heath sintió una intensa desazón. Si las cosas hubieran sido diferentes, el bebé podría haber sido suyo. Sabía que su madre estaría encantada de tener un hijo de Roland. Sería como una continuación de él. Le ayudaría a soportar su pérdida.

Pero no deseaba usar ese argumento para chantajear a Amy. Tenía que contentarse con lo que ella decidiera, con independencia de lo que su familia pudiera desear. Tendría que apoyar su decisión, cualquiera que fuera. Para él, Amy siempre sería lo primero.

–Amy, debes hacer lo que consideres más correcto.

–Ya he cometido bastante errores. Nunca tuve la intención de traer un hijo al mundo sin un marido… sin un padre. No podría soportar las miradas capciosas, los rumores –dijo ella tapándose la cara con las manos–. Supongo que debo parecerte algo convencional.

–Te equivocas.

Todos los que conocían a Amy sabían que se había pasado la vida tratando de hacer lo correcto. Siempre se había portado muy bien en el escuela y en el instituto. Tanto con los profesores como con sus compañeras. A los dieciséis años, llevaba ya la casa de su padre.

Y ahora encontraba incluso tiempo para colaborar en organizaciones benéficas.

–Tienes que hacer lo que te haga más feliz. Tú eres la que tendrás que vivir el resto de tu vida con la decisión que tomes ahora.

–Eso, lejos de ayudarme, no hace sino crearme más dudas.

–Ven –dijo él, apartando la silla hacia atrás–. Con este griterío no hay forma de hablar. Vamos a dar un paseo.

Para su sorpresa, ella no le discutió su decisión ni le dijo que la llevara a Saxon´s Folly.

Heath dejó unos billetes en la mesa y salieron de la cafetería.

Caminaron en silencio. Cruzaron Marine Parade con un grupo de turistas. Heath sintió la tentación de agarrarle la mano y pasear con ella como una pareja más. En lugar de ello, se dirigió a un pequeño parque desde el que se dominaba una playa de piedras negras y, una vez que estuvieron solos, se volvió hacia ella.

–No debes precipitarte en tomar esa decisión,

ni dejarte llevar por razones ajenas a tu voluntad. Si decides dar al bebé en adopción, no lo hagas solo porque Roland fuera adoptado. Tú no puedes saber lo que él habría querido para vuestro hijo.

Amy cruzó la pradera y dirigió la mirada hacia las aguas azules del océano. Sentía una terrible sensación de soledad.

Tras unos instantes, se volvió hacia él con un suspiro.

–Sigo tratando de convencerme de que si lo diera en adopción contribuiría a ver realizados los sueños de otra mujer.

–No debes pensar en lo que podría hacer feliz a otra mujer sino en lo que es mejor para ti. Si yo fuera el padre del bebé, desearía que mi mujer criara a mi hijo y lo compartiera con mi familia después de mi muerte, para que todos disfrutasen de él.

–Yo no estoy casada, Heath. No tengo nada que ofrecer a un hijo.

–Nos tienes a nosotros, a Saxon´s Folly… Y me tienes a mí.

Ella se echó a reír.

–¿A ti? Tú nunca has querido un hijo.

–Estaría siempre a su lado. Si fuera niño, jugaría al fútbol o al críquet con él. Y si fuera niña, vigilaría a todos los chicos que se acercasen a ella. Sé muy bien las intenciones que tienen esos pequeños salvajes –dijo él con una sonrisa.

Ella lo miró atónita. Pero él tuvo la sensación de que estaba llegando a alguna parte. Por fin.

–Pensé que si daba al bebé en adopción a alguna pareja, no tendría que decírselo a nadie –replicó ella, mirándolo de soslayo–. Excepto a ti.

Tenía el pelo revuelto por la brisa del mar. Parecía una sirena recién salida de las aguas.

–Si decides dar en adopción a tu bebé, tendrás
que llevar el embarazo hasta el final y no podrás
mantenerlo oculto.

–Nadie se enteraría. Me iría a Auckland. Diría a
todo el mundo que tenía que irme a trabajar o a estu-
diar o hacer cualquier cosa. No puedo quedarme
aquí. Empezaré allí una nueva vida.

Heath sintió una punzada en el estómago al oír
esas palabras. Era algo que no había previsto. Se
había acostumbrado a tenerla cerca desde hacía
tantos años…

–¿Una nueva vida en Auckland? ¿Por qué quieres huir?

–No puedo quedarme aquí.

–¿Por qué no? Hay muchas mujeres que se quedan embarazadas y tienen hijos fuera del matrimonio. Ahora ya no es como antes. A nadie le impor-
tan esas cosas.

–A mí, sí.

Heath tuvo la sensación de que ella había tomado ya una decisión y que, dijera lo que dijera,
no conseguiría hacerla cambiar. Se marcharía de
todos modos.

Y la perdería. Para siempre.

–Hay otra solución.

–¿De veras? –dijo ella con una sonrisa.

—Podrías casarte conmigo.

Ella se quedó sin aliento. La sonrisa se desvaneció de sus labios.

—¿Casarme contigo?

—¿Tan horrible te parece la proposición? Por favor, dime que no te vas a desmayar de nuevo.

—No, no te preocupes.

Amy se dio la vuelta y se dirigió a la zona donde la hierba daba paso a los guijarros de la playa y se quedó mirando al Pacífico. El agua era increíblemente azul y la brisa húmeda olía a sal y a sol.

—¿Por qué? —preguntó ella, dándose la vuelta y viendo a Heath a su lado.

Se había quitado las gafas de sol y estaba mirándola fijamente. Sintió que se le ponía la carne de gallina. Se frotó los brazos con las manos, como si tuviera frío a pesar del sol que hacía.

—Porque no quieres tener un bebé sin estar casada.

—Ese es mi problema, no el tuyo —replicó ella, entornando los ojos para protegerse de la brillante luz de la bahía de Hawkes.

—Roland era mi hermano. Este será su único hijo.

—Él no esperaría que te sacrificases por su bebé.

—No sería un sacrificio —dijo Heath.

—Por supuesto que sí. Siempre has dicho que nunca te casarías. La última vez, hace unos días, si mal no recuerdo.

—Es cierto. Pero las circunstancias han cambiado desde entonces.

–¿Qué ha cambiado?

–Tú necesitas un marido y…

–¡Yo no necesito ningún marido! –exclamó ella.

–Lo que quería decir es que… necesitas un padre para tu hijo. Nunca serías feliz siendo una madre soltera.

–Tienes razón. En un mundo perfecto, los bebés deben pertenecer a una familia.

Pero su mundo ya no era perfecto. Se había trastocado por una serie de acontecimientos que ella no había podido controlar.

–Entonces, cásate conmigo. Seremos una familia. Será una forma de resolver nuestros problemas.

Amy inclinó la cabeza y lo miró a los ojos detenidamente.

–Mis problemas, tal vez. Tú no tienes ninguno.

–¿Estás segura?

–Eres un hombre de éxito.

–¿Crees que por ser rico y trabajar tanto no tengo problemas?

–No trabajas tanto.

–¡Vaya! Así que solo soy rico… ¿Me consideras acaso un holgazán?

Quizá lo había pensado, se dijo ella. Parecía tener todo lo que deseaba y sin ningún esfuerzo. Éxito, buenas cosechas, mujeres hermosas…

–No, no he dicho eso –replicó ella algo incómoda–. ¿Podemos cambiar de tema, por favor?

Amy se alejó unos pasos y fue a sentarse en un banco de madera que había frente al mar.

Heath la siguió, se sentó a su lado y apoyó un brazo en el banco por encima de su hombro.

–No, esto se está poniendo interesante. ¿Qué más cosas piensas de mí?

Ella lo miró fijamente como si fuera la primera vez que lo hubiera visto en su vida. Bajo sus pantalones vaqueros y su camisa, se adivinaba un cuerpo atlético y musculoso. Tenía la piel bronceada y unas facciones muy varoniles. Pómulos altos, mandíbula cuadrada y unos ojos llenos de vida. No era de extrañar que las mujeres se fijasen en él.

–Eres encantador y muy atractivo. Gustas a la gente.

–Encantador, atractivo, gustas a la gente… ¿Es esa toda la opinión que te merezco?

–No era mi intención ofenderte.

–No importa. Eres siempre tan amable y tan bien educada… Pero me gustaría saber lo que de verdad piensas de mí. He trabajado muy duro para sacar adelante el viñedo que tu padre dejó casi en la ruina. He estado noche y día plantando miles de nuevas viñas, la mayoría con mis propias manos. ¿Qué es lo que creías que había estado haciendo estos meses?

–Sabes muy bien que mi padre nunca me dejó involucrarme en el negocio. De otro modo, la finca no habría estado tan descuidada…

–Estaba en quiebra.

Amy desvió la mirada. Sabía que él tenía razón. Contempló el mar que tenía frente a ella. Estaba en calma. Escuchó el chillido de una gaviota siguiendo a otra a lo largo de la playa. Pero lo único que acudía a su mente era la expresión de indiferencia del director del banco cuando había ido a presentarle su proyecto para abrir un pequeño hostal con el que aliviar las cargas financieras de su padre. El director no le había concedido el préstamo. Le había dicho que se trataba de un negocio poco fiable que necesitaba un avalista que garantizase la inversión.

Entonces Heath se había presentado en el banco con una oferta de compra de Chosen Valley.

–Sabía que no atravesaba una buena situación económica, pero no pensé que fuera tan mala –dijo ella finalmente.

–Pensaste que me aproveché de ello comprándola a precio de saldo, ¿verdad? –exclamó él, arqueando las cejas–. Pues debes saber que pagué por ella más de lo que valía.

–Si hubiera sucedido ahora, habría podido ayudar a mi padre. He aprendido muchas cosas del negocio desde que trabajo en Saxon´s Folly. Gracias a ti, Heath.

–No quiero tu gratitud –replicó él, apretando los puños por detrás de la espalda.

–Lo siento –dijo ella en voz baja.

–Amy, no es contigo con quien estoy enfadado, sino conmigo mismo.

–¿Por qué? Tienes todo lo que cualquiera desearía.

–Causé muchos problemas cuando era joven. Apenas tengo ahora relación con mi padre y sé que eso le hace sufrir a mi madre. Tampoco le demostré ningún afecto a Rafaelo. Pensé que todo era una farsa. Nunca lo reconocí como hermano.

—Podría haber sido un impostor.

—Gracias —dijo él, exhibiendo un atisbo de su diabólica sonrisa—. También fui siempre demasiado crítico con Roland.

Amy siguió con la mirada puesta en el Pacífico mientras Heath desgranaba el catálogo de sus pecados.

—Tal vez se lo merecía.

—Por eso, necesitas casarte conmigo. Cuando me fui de casa y compré Chosen Valley, mi padre se puso furioso. Me dijo una cosas terribles. Entre ellas, que nunca me perdonaría haber entrado en competencia con él y que no se me ocurriera volver nunca por Saxon´s Folly.

—Pero volviste.

—Por Caitlyn, no porque él me lo pidiera. Y porque Joshua le convenció de que era lo más sensato de momento.

—¿Piensas quedarte?

—Sí. Después de todo lo que ha pasado estos últimos meses, sé que no hay nada seguro en la vida. Quiero cerrar la brecha que tengo abierta con mi padre.

—Lo comprendo. ¿Significa eso que vas a vender Chosen Valley?

Él negó con la cabeza.

—Chosen Valley es ahora mi casa. Puedo trabajar como enólogo en ambos viñedos.

–¿No habrá un conflicto de intereses?

–No, cada viña cultiva una variedad diferente de uva. Yo me estoy centrando más en la *cabernet sauvignon*. Pero necesito que me ayudes a convencer a mi padre de que he vuelto con intención de quedarme. Mis padres te adoran. Eres su ahijada favorita. Y eso que tienen varias.

Ella sonrió abiertamente. Parecía estar recobrando su alegría natural.

–Es solo porque Kay y mi madre fueron siempre muy amigas. Y además porque, de niña, vivía muy cerca de vuestra casa y me veían a todas horas.

–No es solo eso. Tú eres parte de la familia.

–No sabes lo que me agrada oírte eso. Pero me preocupa lo que puedan pensar de mí cuando sepan que…

–¿Te acostaste con Roland antes de la boda?

Ella bajó la cabeza y su sonrisa se desvaneció.

–Vamos, Amy, con todas las cosas que han salido a relucir últimamente en mi familia, no creo que nadie esté en situación de tirar la primera piedra. Además, ya sabes lo mucho que te quieren mis padres.

La forma tan enternecedora con que Heath la miraba le hacía sentirse la mujer más adorada del mundo. ¿Cómo no se había dado cuenta hasta ahora de lo atractivo que era Heath?

Tal vez porque había estado comprometida con Roland. O porque siempre había tenido a Heath por un chico malo. O tal vez porque había estado demasiado ciega.

Sintió calor en las mejillas, amenazando extenderse por todo su cuerpo.

«¡Basta, Amy!», le dijo una voz interior. «¡Esto es una locura!».

–Yo también quiero mucho a tus padres. Sería muy triste que decidieran separarse.

–Si te casaras conmigo, tal vez la llegada de su nieto les ayudara a reconciliarse.

–Pero se preguntarían por qué motivo querrías casarte conmigo. Pensarían incluso que el bebé podría ser tuyo. No. No podría soportarlo. Sería una gran humillación para mí.

–Si eso es lo que te preocupa, les dejaré bien claro que el bebé es de Roland, no mío –dijo él con aire sombrío.

–¿Harías eso por mí?

Él asintió con la cabeza.

–No me gustaría que pudieran pensar que traicioné a Roland –añadió ella.

–Nadie podría pensar una cosa así de ti, Amy. Siempre has hecho lo correcto en la vida. ¿Quién podría creer que te hubieras acostado con el hermano de tu prometido?

Amy vio la tensión con que él pronunciaba esas palabras. Se levantó del banco bruscamente.

–Solo quiero hacer lo que sea mejor para mi bebé.

–Casarte conmigo es lo mejor que puedes hacer por tu bebé, Amy –dijo Heath levantándose también del banco–. Ya lo verás. Todo el mundo estará encantado de saber que estás embarazada.

Tómate todo el tiempo que quieras, pero recuerda, este bebé es un Saxon, y Roland estaba orgulloso de ser un Saxon.

Heath veía en aquel matrimonio la oportunidad de reconciliarse con su familia. Daría a sus padres la ocasión de olvidar sus diferencias y mitigar el dolor por la pérdida de su hijo con la llegada de su primer nieto.

En cuanto a ella, podría tener a su bebé. Un bebé que crecería en Chosen Valley, en la casa donde ella había nacido. Todo era perfecto. Excepto que entre Heath y ella no habría amor.

Capítulo Cuatro

Casarse con Heath o marcharse a Auckland. Era una decisión difícil.

Amy miró la mesa del enorme salón comedor de los Saxon y sintió acrecentar la desazón que llevaba sintiendo en el estómago los últimos dos días.

En la cabecera estaba sentado Phillip, el padre de Heath. A un lado tenía a Amy y al otro a Alyssa, la novia de Joshua. Joshua estaba sentado a la izquierda de Amy y tenía a Heath enfrente.

Dado que Megan había estado fuera los dos últimos días, los Saxon habían decidido cambiar al viernes su cena habitual de los jueves.

Heath no se había atrevido aún a preguntar a Amy nada sobre su decisión.

Mientras cortaba un trozo de pollo, Amy rehuyó la mirada de Heath, fingiendo sentirse muy interesada por la conversación que mantenían Joshua, Phillip y Alyssa sobre un vino de la bodega Saxon que estaba cosechando muy buenas críticas.

–Heath, casi se me olvidaba decírtelo –dijo Joshua–, he recibido una llamada de la policía esta mañana. Han detenido a Carson.

Carson Smith, como venganza porque habían despedido su hermano Tommy de Saxon´s Folly, había incendiado los establos, agrediendo al vigilante y tratando de abusar sexualmente de Caitlyn.

–¿Lo sabe ya Caitlyn? –preguntó Amy muy impresionada.

–Acabo de llamar a Rafaelo para comunicárselo –respondió Joshua–. Estaba dispuesto a venir a arreglar cuentas con ese tipo, pero le dije que sería mejor que se quedase allí con Caitlyn.

Ese comentario dio lugar a un giro en la conversación y se pusieron a hablar de los vinos y jereces españoles.

Amy prefirió mantenerse al margen. Observó las sillas vacías que había al fondo de la mesa. La de Megan, que aún no había llegado, y la de Roland, que estaba ahora pegada a la pared. Sintió un gran dolor al recordarlo. Había también otros huecos: los de Caitlyn y Rafaelo, que estaban en España. Alyssa ocupaba el asiento de Kay, que se había ido a Australia.

Si no aceptaba la proposición de Heath, también tendría ella que irse muy pronto. No podía seguir demorando su decisión por más tiempo. Esa misma mañana, se había dado cuenta de que el sujetador le apretaba más de lo habitual y que sus pechos habían desarrollado una dolorosa sensibilidad. No tardarían en aparecer los demás signos del embarazo.

No le resultaría fácil establecerse en una gran ciudad como Auckland después de haber vivido en Hawkes Bay toda la vida. Tendría que renunciar a su trabajo en Saxon´s Folly, contarles la razón de su decisión… Y luego despedirse de sus amistades por seis u ocho meses.

Huir. Así era como Heath lo había llamado. Pero ¿qué podía hacer? ¿Cómo iba a casarse con un hombre al que no amaba?

Fue un alivio para ella cuando Megan entró en el salón con los ojos brillantes y las mejillas encendidas.

–Siento llegar tarde. Perdí la noción del tiempo. Aún estoy con la hora de Australia –dijo Megan, sentándose al lado de Heath–. Joshua, ¿me puedes dar algo de beber, por favor?

Joshua se levantó, descorchó una botella de vino blanco y sirvió una copa a su hermana. Luego se acercó a llenar la de Amy.

–No, gracias –dijo ella, apartando su copa.

–Tienes que probarlo –dijo Joshua–. Es un *riesling*. Es espléndido. Y más seco de lo habitual.

–Gracias, pero no bebo ahora.

–No estarás intentando perder peso, ¿no? –dijo Joshua en tono de broma.

–¡Joshua! –exclamó Alyssa, reconviniendo a su prometido–. Deja en paz a Amy.

–Josh tiene razón –intervino Megan–. Necesitas ganar un par de kilos, no perderlos.

–No estoy tratando de perder peso –dijo ella.

–Entiéndeme, no estaba hablando de controlarte el peso como si estuvieras embarazada –dijo Megan de manera desenfadada.

Amy se puso colorada como un tomate.

–¿No me digas que estás…? –exclamó Megan.

Se produjo un silencio tenso y prolongado.

–¡Megan, ya es suficiente! –dijo Heath muy serio.

–¡Oh, Dios mío! –exclamó Megan, tapándose luego la boca con las manos.

Amy estaba avergonzada. Cerró los ojos. No podía soportar la mirada de nadie. Debía llevar su pecado grabado en la frente con letras mayúsculas y de colores.

–Lo siento mucho, Amy –dijo Megan tímidamente.

Con un suspiro, Amy abrió los ojos y miró a la familia que conocía de toda la vida.

–Sí, estoy embarazada. Supongo que tendríais que saberlo antes o después.

–Enhorabuena –dijo Alyssa con una sonrisa sincera, mientras Joshua le daba un abrazo de felicitación aprovechando que estaba a su lado.

Mientras Joshua la abrazaba, Amy pudo ver a Phillip Saxon con una sonrisa de alegría tan grande como hacía años que no le veía.

–Es una noticia maravillosa, Amy. Un bebé –dijo Phillip casi llorando–. El bebé de Roland. Kay se va a emocionar tanto como yo cuando se entere.

Amy tragó saliva, tratando de contener las lágrimas de emoción. No iba a ponerse a llorar en ese momento. Ya había derramado bastantes lágrimas en los últimos dos meses.

Dirigió a Heath una mirada suplicante que parecía decir: «Ayúdame».

Creyó ver una luz en sus ojos, pero luego su cara volvió a recobrar su expresión inescrutable.

Había comprobado, tal como él había dicho, lo importante que era aquel bebé para su familia.

Su bebé era un milagro. Un milagro que permitía a todos recobrar un parte de Roland, dándoles un motivo de alegría en sus vidas.

Heath pisó el acelerador y el Lamborghini dejó atrás Saxon´s Folly.

Amy y él permanecieron callados.

Enfiló la estrecha avenida que atravesaba el pequeño pueblo costero de Hedeby y minutos después se detuvo al llegar al apartamento de Amy.

Ella se bajó del coche y se dirigió directamente a la puerta.

—No tan deprisa —dijo Heath.

Amy se volvió hacia él. Estaba pálida.

—¿Sí?

—¿Qué has decidido?

—¿Necesitas que te dé la respuesta ahora?

—Creo que deberías tomar una decisión lo antes posible, ahora que ya se sabe la noticia.

—No me lo recuerdes. Ha sido peor de lo que me imaginaba. Nunca he pasado tanta…

—Sé lo humillante que ha debido ser para ti. De buena gana le habría retorcido el cuello a mi hermana.

—Megan no ha tenido la culpa.

—Naturalmente que sí. Siempre ha tenido el

don de decir alguna inconveniencia en el más momento más inoportuno.

–Pronto lo sabrá todo el mundo.

–Será la comidilla del vecindario durante unos días, pero se olvidarán de ello en cuanto tengan un nuevo chisme con el que entretenerse.

–Sí, pero durante esos días yo estaré en boca de todos. Quiero tener mi vida de antes.

–Amy, ahora con el bebé eso ya no va a ser posible.

–El bebé no es el culpable de nada. Siempre deseé tener un bebé. Pero suponía que los bebés debían estar dentro del matrimonio, no así.

–Pues cásate conmigo. Cuidaré de ti y del bebé. Nos iremos de luna de miel y cuando volvamos todo el asunto se habrá olvidado.

Heath sonrió imaginando a todos los amigos y amigas de Amy puestos en fila, saludándola muy efusivamente a su regreso.

–Esto no tiene ninguna gracia, Heath.

–No es tan malo como crees. Relájate y di que sí. Te prometo que nadie se atreverá a decirte ninguna inconveniencia mientras yo esté a tu lado.

–Sí, tienes razón. Nadie se atrevería.

Heath no quería que ella se casara con él por su fama de rebelde y pendenciero, pero tampoco era cuestión de desaprovechar las ventajas.

–¿Es eso un sí?

Heath se quedó expectante al ver un leve movimiento en sus manos.

–¿Qué otra cosa puedo hacer? –dijo ella suspirando–. Está bien, me casaré contigo, Heath.

Capítulo Cinco

Todo sucedió a velocidad de vértigo a partir de ese momento.

Heath consultó el calendario en su BlackBerry y concertó una fecha para la boda. Luego habló con varios servicios de catering y… Antes de que ella pudiera decirle que se tomara las cosas con más calma y le diera un poco de tiempo para ir haciéndose a la idea, Kay Saxon, la madre de Heath, se presentó en casa.

–Amy, querida –exclamó Kay dándole un abrazo y envolviéndola en su perfume de lavanda–. Heath me llamó para decirme que estás esperando un bebé de Roland y que os vais a casar. No sabes cuánto me alegro. Deberías haberme dicho antes lo del bebé.

Kay se apartó de Amy con los ojos llenos de lágrimas.

–No lo supe hasta hace unos días –replicó Amy.

–No sé por qué estoy llorando. No suelo hacerlo. Debe ser de felicidad.

–¿No te importa? –preguntó Amy en un hilo de voz.

–¿Importarme? ¿Por qué habría de importarme?

–¿No crees que esto le puede parecer mal a alguien? Habrá quien se extrañe de que me case con Heath habiendo estado prometida de Roland.

–¿Qué importa lo que piense la gente? El bebé es lo único importante. Estoy orgullosa de Heath y de ti. Los dos habéis demostrado una gran sensatez haciendo lo que teníais que hacer. Además, ¿sabes lo que esto significa, Amy? Pues que ya no tiene sentido pensar en divorciarme de Phillip ni irme a Australia. Ahora tengo una nueva obligación: estar aquí a tu lado, contigo y con el bebé de Roland.

Por un momento, Amy pensó que iba a desmayarse de nuevo.

–Me encantará contar con tu ayuda.

–Me pregunto si el bebé será pelirrojo como Roland o tendrá el pelo castaño como Megan –dijo Kay.

–Podría tener también el pelo oscuro como yo –dijo una voz masculina.

Amy alzó la cabeza y vio a Heath con sus ojos inescrutables. Iba vestido de una forma poco habitual en él. Llevaba un traje oscuro y una camisa blanca de vestir con el botón de arriba desabrochado. No llevaba corbata.

–Heath, tu madre ha vuelto –dijo ella con una sonrisa–. Por el bebé.

–Y por la noticia de vuestro compromiso –replicó Kay radiante de felicidad.

–Bienvenida a casa, mamá.

Kay abrazó a su hijo.

–Os he echado mucho de menos a todos. Estoy

muy contenta de estar aquí de nuevo. Hijo, ¿no te parece fabulosa la noticia de Amy? Tu padre también está muy contento.

Heath miró a Amy por encima de la cabeza de su madre y le dirigió una sonrisa de complicidad, como si quisiera decirle con los ojos: «¿Lo ves? Mi familia necesitaba este bebé».

Amy sintió una extraña sensación. Era como si estuviese siendo manipulada. Lo único que le importaba a todos era su bebé. Gracias a él, parecía que iban a solucionarse todos los problemas de la familia.

–¡Oh, qué buena idea! –exclamó Kay con las manos juntas y aplaudiendo.

Amy miró a Heath con un gesto de extrañeza.

–¿Perdón? ¿Me he perdido algo?

–Heath va a llevarte a comer por ahí para celebrarlo –respondió Kay.

–Tengo mucho trabajo… No sé si…

–Te sentará bien salir un rato –dijo Heath.

–Llamaré a Voyagers y le pediré a Gus que os reserve una mesa. En ese restaurante fue donde le dije a Phillip que estaba embarazada de Joshua –dijo Kay con los ojos radiantes de alegría–. No te preocupes, querida, yo atenderé esto mientras estéis fuera.

–Gracias, eres encantadora –dijo Amy, mirando a Heath con ojos asesinos.

***

Voyagers tenía un sabor nórdico como su propietario. Las tablas del suelo de madera clara, algo oscurecidas por la pátina del tiempo, se daban cita con las velas de lino que cubrían el patio.

Amy y Heath pasaron dentro y se sentaron en una mesa junto a un gran ventanal desde el que había una vista espléndida de Marine Parade y del Pacífico.

Gus se acercó a su mesa y les recomendó las especialidades de la casa.

Durante la comida, hablaron sobre la historia de Hawkes Bay y la diversidad de culturas que habían confluido allí. La familia de Gus había llegado a Napier a finales del siglo XIX.

Por una vez, Amy se encontró a gusto hablando con Heath, sin que se produjeran silencios incómodos en ningún momento. Pero después de la comida, cuando les sirvieron una taza de té para ella y un café para él, junto con un platito de bombones, todo cambió.

—Hay una cosa de la que tenemos que hablar, Amy.

Ella se sobresaltó al ver la grave expresión de su mirada.

—¿De qué se trata, Heath?

—De sexo.

—No, no quiero hablar de eso —dijo ella con un intenso rubor en las mejillas.

—Tenemos que hacerlo —replicó él en voz baja—. Vamos a casarnos. Es natural que quiera hacer el amor con mi esposa.

¡Hacer el amor! ¿Qué amor? No había ningún amor de por medio, se dijo ella. Sí, le gustaba Heath. Habían sido amigos en otro tiempo. Pero ¿amor? Nunca. No era su tipo. Eran caracteres opuestos. Él era el típico chico malo y ella la típica chica buena. No tenían nada en común.

Además él le despertaba unos sentimientos que nunca había experimentado. El sexo con él sería muy agradable. Aunque, sin amor, sería solo algo puramente físico, casi animal.

No, no estaba dispuesta a admitir eso. De ninguna manera.

—Yo… no creo que…

—No tienes que creer nada, Amy —dijo él con una sonrisa—. Solo tienes que sentirlo.

El rubor le extendió por todo el cuerpo.

—¡Heath!

La sonrisa maliciosa de Heath se desvaneció y su expresión se tornó más seria.

—No quiero un matrimonio sin sexo, Amy.

—¿Y qué pasaría si te enamoraras de otra mujer?

—Eso no va a suceder nunca.

—Nunca has estado enamorado, ¿verdad? Por eso nunca has querido casarte.

—Algo parecido.

Amy lo miró fijamente, presintiendo que no le estaba diciendo toda la verdad. Pero su expresión irónica parecía advertirle que si seguía insistiendo con sus preguntas, tal vez no le agradasen mucho las respuestas. Sin embargo, necesitaba asegurarse.

—¿Y si tienes un flechazo?

–Eso no va a suceder. Yo no soy de esos.

Ella lo había visto con montones de mujeres. De todos los tipos. No podría soportar que su marido estuviese con otra. Esa había sido una de las razones por las que Roland y ella…

–Pero has tenido varias novias.

–Nunca me he enamorado de ninguna.

–Podrías conocer a más mujeres. ¿Quién podría impedírtelo?

–Mi matrimonio –respondió él sin pensárselo dos veces.

–¿Estarías dispuesto a serme fiel si tuviéramos…?

–¿Relaciones sexuales? –dijo él, viendo que ella no se atrevía decirlo.

Amy se puso colorada. Sabía que estaba tensando demasiado la cuerda, pero si él quería un verdadero matrimonio, con sexo y todo lo demás, necesitaba estar segura de su fidelidad.

–Eh… sí –replicó ella, tartamudeando.

–De acuerdo.

Amy lo miró desconcertada. No había esperado que accediese a eso tan fácilmente.

–Hay otra cosa de la que tenemos que hablar –dijo ella, alzando la barbilla y armándose de valor.

Después de todo, si él había podido pronunciar la palabra «sexo», ¿por qué no iba a poder hacerlo ella?

–Tú dirás.

–La higiene sexual.

–¿Tienes algún problema con eso?

–¿Yo? –exclamó ella–. ¿Tú crees que yo…?

–Te acostaste con mi hermano. Si llevó una vida promiscua, pudo haberte contagiado algo.

Amy pensó en lo injusta que la vida sería si tuviera que pagar un precio tan alto por la imprudencia de una noche de la que tantas veces se había arrepentido.

–Tendré que hacerme algunas pruebas –dijo ella.

–Espero que no sea demasiado tarde para eso –dijo Heath, mirándole el vientre–. Mi hermano, en cuestión de mujeres, no era tan refinado como yo.

–¿Por qué tengo que creerte? –exclamó ella acalorada–. Siempre has sido el chico malo del barrio. Black Saxon te llamaban.

–En cuestiones de sexo, nunca he asumido riesgos. El doctor Shortt puede confirmártelo y darte un certificado si quieres.

–No hace falta, con tu palabra me basta.

–Puedes confiar en mí. Siempre he sido muy precavido, conmigo y con las mujeres con las que he estado.

Ella vio que él estaba llevando las cosas demasiado lejos, como si necesitara dar más explicaciones de las necesarias. Juzgó conveniente cambiar de conversación.

–¿Qué pasaría si el bebé empezara a llamarte papá… y luego decidieras separarte de mí? Podría acabar aburriéndote el matrimonio.

–Te aseguro que no me aburriré contigo.

Amy se sintió confusa y desconcertada. No estaba segura de lo que quería decir con esas palabras.

–Siempre has dicho que no querías casarte. ¿Por qué estás tan seguro de que no te aburrirás en el matrimonio?

–Ya te lo dije. Todos cambiamos en la vida. Ahora tengo una opinión distinta.

Ella volvió a tener la sensación de que le estaba ocultando algo.

–¿Es por el bebé?

Él se quedó mirándola unos segundos y luego asintió con la cabeza.

–Sí.

Amy estaba cada vez más desconcertada. Heath era mucho más complejo que el chico malo que conocía. Pero estaba empezando a cansarse de ser solo la portadora de un bebé con el apellido Saxon. Deseaba hablar de ella misma y de su relación con Heath. De su futuro juntos.

–Bien. Si los dos queremos lo mejor para el bebé, espero que todo funcione bien.

–No va a ser fácil, Amy. Tendremos que poner mucho de nuestra parte –dijo él, inclinándose hacia ella.

Amy comenzó a sentir un hormigueo por el cuerpo. Vio su cara muy cerca de la de ella. Sus ojos eran oscuros e inquietantes. Sus pómulos destacaban de forma prominente. Sintió la sangre agolpándose en su cabeza.

Bajó la mirada antes de que él pudiera descubrir sus sentimientos.

–Amy…

La tensión flotaba en el ambiente.

Alzó la vista y vio una pequeña caja de terciopelo negro sobre el mantel blanco de la mesa.

Sintió la boca seca. El momento de la verdad había llegado.

Se quedó mirando la caja, sin atreverse a tocarla.

–Ábrela –dijo Heath.

Amy alzó la vista hacia él. La caja no podía encerrar ningún misterio. Solo podía ser un anillo de compromiso. No tenía ninguna prisa en verlo.

De hecho, prefería que fuera él quien la abriera, sacara el anillo y se lo pusiera en el dedo. Así no quedaría duda de su compromiso. Sería la prueba de que estaba dispuesto a compartir su vida con ella y su bebé.

Miró a Heath a los ojos y vio su expresión de desafío. Parecía como si temiera que ella pudiera volverse atrás en el último momento. ¿Pensaría que iba a salir huyendo?

Amy se miró la mano. En su dedo anular había ya un anillo. Un brillante de dos quilates, engarzado en platino, que Roland le había regalado cuando ella cumplió veintiún años.

Echó de nuevo un vistazo a la caja que seguía sobre la mesa.

Suspiró hondo. Si iba a casarse con Heath, tendría que llevar el maldito anillo que había en esa caja negra. Extendió la mano hacia ella. Sintió el suave contacto del terciopelo. Dudó unos segundos y luego levantó la tapa con mucho cuidado.

Se sintió sobrecogida al verlo. Era un anillo fabuloso. Un magnífico brillante dorado, cortado en forma de corazón, engastado en oro blanco y flanqueado por una hilera de brillantes más pequeños. El delicado detalle de la filigrana resultaba increíble. Debía ser una joya antigua.

—Es de la época victoriana, ¿verdad?

—Sí —respondió él—. Y hace juego con tus ojos.

Era maravilloso. No quería ni pensar lo que debía haberle costado, se dijo ella, mientras lo tocaba. ¿Cómo podía Heath haber adivinado sus gustos? ¿Había sido solo una casualidad o era un libro abierto para él? Sería algo terrible que pudiera leer sus pensamientos.

Probablemente, Megan lo hubiera elegido por él. Su hermana tenía un gusto exquisito y sabía lo mucho que le gustaban las joyas victorianas. A menudo, se había preguntado si Megan no habría sido también la responsable de la elección de su regalo favorito: el medallón relicario de oro en forma de corazón que Roland le había dado y que tanto le gustaba.

Volvió a mirar el anillo.

—Es una maravilla.

—Me alegro de que te guste.

Amy lo sacó cuidadosamente de la caja.

—Tendrás que quitarse ese otro —dijo Heath, señalando al anillo de Roland y alargando el brazo.

—¡No! —exclamó ella, apartando la mano.

Eso era algo que tenía que hacer por sí misma.

Sin saber por qué, le vino a la memoria lo que

Heath le dijo durante el baile de disfraces la noche del fatal accidente de Roland: «Estás cometiendo un error».

Pero ella no había querido escucharlo. Se había puesto el anillo de compromiso de Roland y le había respondido desafiante: «No sabes de lo que estás hablando». No había querido creer los rumores que había oído de que Roland tenía una amante que era una celebridad. Había preferido ponerse una venda en los ojos y engañarse a sí misma, aferrándose a la idea de que Roland la amaba. Pero, en el fondo, había presentido que el sueño de amor que había alimentado desde los diecisiete años había empezado a desmoronarse. Cuando Heath se marchó esa noche, ella se enfrentó a Roland preguntándole abiertamente si los rumores de que tenía una amante eran ciertos o no. Roland había tratado de reírse de sus dudas, pero ella le había planteado un ultimátum. O le era fiel o no sería su esposa.

Amy dejó caer la mano en su regazo y se tocó el vientre. Apenas había algún signo externo del embarazo, pero sabía que llevaba una vida dentro. El bebé de la vergüenza que ella había concebido. El bebé que era la razón de su matrimonio con Heath.

—Tú no querías que me casase con Roland.

—No creía que él pudiera hacerte feliz. Pero no hacías caso a mis consejos y, al final, pensé que sería inútil cualquier cosa que te dijera.

—Roland era el hombre que deseaba desde que cumplí los diecisiete años.

¡El hombre que deseaba!. ¿Qué podía saber ella de deseos a los diecisiete años? Lo único que sabía sobre el deseo lo había aprendido aquella noche fatídica en la que una mano le apartó el pelo de la cara, unos labios acariciaron los suyos, deslizándose luego hacia abajo.

Sintió un fuego abrasador en el cuerpo solo de pensar en aquella noche. Había hecho cosas y había tenido experiencias con las que nunca había soñado. Se había despertado una pasión en ella que no quería revivir.

Pero ¿podría casarse con Heath y ser capaz de guardar en secreto aquel lado lascivo y salvaje que había descubierto la noche en que había concebido a su bebé?

Presa de una gran agitación, volvió a dejar el anillo en la caja de terciopelo.

Debía controlarse. Ahora tenía que pensar solo en el bebé.

—Tengo que volver al trabajo —dijo Amy, deseando cambiar de conversación.

—Olvídate de eso. Te estoy pidiendo que te cases conmigo y ni siquiera te has puesto mi anillo.

—Es gracioso. Desde que era niña y leía cuentos de hadas, he soñado con un chico guapo, un anillo, un vestido de novia y con todas esas cosas del amor. Pero me he dado cuenta de que la realidad es muy distinta. Obedece a aspectos más prácticos, como la posibilidad de quedarte embarazada sin estar casada o la necesidad de asegurarte un trabajo.

—Olvídate de tu maldito trabajo por un día

–dijo Heath, levantándose de la mesa–. Mi madre se ha quedado en la empresa para atender a los clientes. Puede que no exista entre nosotros ese amor tan maravilloso que siempre habías soñado, pero disponemos de este día para llegar a conocernos mejor y debemos aprovechar cada minuto.

Salieron del restaurante y dieron un paseo por Marine Parade. Él llevaba la chaqueta al hombro, sujeta con un dedo, con aire despreocupado.

Pero era solo un pose. Sentía una gran frustración. Apretó con la mano la caja del anillo que llevaba en el bolsillo. El anillo que ella debería llevar ahora en el dedo.

Parecía ajeno a todo lo que pasaba a su alrededor, solo tenía ojos para la mujer que llevaba al lado. Apenas le llegaba a la barbilla, pero llenaba todo el vacío de su vida.

–¡Mira, Heath! –exclamó ella, parándose en seco.

Delante de ellos, había una niña de pelo oscuro, vestida de rosa, a la que se le acababa de caer una bolsa de caramelos en la acera. La pequeña se puso a llorar. Su madre, que llevaba un bebé en los brazos, trató de agacharse para recoger la bolsa del suelo.

–Déjeme que la ayude –dijo Amy, acercándose.

La joven madre sonrió agradecida. La niña se quedó mirando el vestido rosa de Amy y dejó de llorar. Amy recogió los caramelos, los metió en la bolsa y se los dio a la pequeña.

–Gracias.

–No hay de qué –respondió la mujer a Amy con una dulce sonrisa.

La madre metió al bebé en el cochecito y agarró luego a la niña de la mano.

Heath se quedó mirando la escena, enternecido.

–Ven –dijo él–. Vamos a ver el acuario.

–¿El acuario?

–¿Te das cuenta de que ni siquiera sé cuál es tu especie de peces favorita, ni si te dan miedo los tiburones?

–¿Necesitas saber eso?

–Por supuesto.

–No recuerdo ya la última vez que he estado en un acuario.

–Razón de más para ir –dijo él, agarrándole de la mano y dirigiéndose hacia la entrada–. Vamos, doña Perfecta. Olvídate del trabajo y disfruta un poco.

Ella se echó a reír y él se dio cuenta de que era la primera vez que la veía reír así en los últimos meses.

–¡Doña Perfecta! –exclamó ella, después de que sacaron las entradas–. No sabes la rabia que me daba que me llamaran así.

–¿Por qué? ¿Querías ser acaso del grupo de animadoras del equipo de rugby? Ellas nunca habrían llevado vestidos de color rosa ni joyas victorianas.

–No. Vestían de cuero y encaje negro. Eran muy pedantes.

–Iban provocando a todos los chicos del institu-to –dijo Heath con una sonrisa.

–Tú debes saberlo mejor que nadie.

Heath sonrió mientras contemplaban la céle-bre estatua de bronce de Pania, la doncella sirena de la mitología maorí.

Habían entrado ya en la bóveda de cristal del acuario. Heath juzgó que la conversación estaba tomando unos derroteros peligrosos y prefirió no decir nada, fingiendo sentirse fascinado por un ti-burón y una raya que nadaban lentamente al otro lado del cristal.

Durante veinte minutos, estuvo viendo la cara de entusiasmo que Amy ponía al ver los diversos peces del acuario, especialmente los caballitos de mar.

Subieron luego unas escaleras hacia la zona donde estaba el estanque de los cocodrilos.

–¡Mira qué dientes tiene ese! –exclamó ella–. Me recuerda a ti.

–¿A mí? –dijo él con una mirada burlona–. Ese bicho es horrible.

–Sí, tú no eres tan feo, pero tienes una reputa-ción tan terrible como la suya.

–Olvídate de mi reputación. Ya me he reforma-do.

–Espero que sea verdad.

–Por si no lo sabes, los cocodrilos son unos pa-dres ejemplares. Ayudan a sus crías a salir del cas-carón haciendo rodar los huevos entre sus temi-bles dientes.

—Mira está empezando a sumergirse —dijo ella en voz baja, mirando al cocodrilo—. En unos pocos meses, yo también tendré un bebé. Espero hacerlo tan bien como ese monstruo acorazado.

—Serás sin duda una madre maravillosa. No vas a estar sola —replicó Heath, sacando de nuevo la caja del bolsillo—. Yo estaré a tu lado. ¿Lo habías olvidado?

Estaba dispuesto a hacerle recordar su promesa. No quería que se volviese atrás. Y más ahora, después de habérselo comunicado a sus padres. Pero sabía que no debía presionarla.

—No voy a obligarte a que te cases conmigo.

Amy apartó la vista del anillo que él tenía en la mano y lo miró fijamente a los ojos.

—Tienes que decidir por ti misma, Amy. Yo no puedo hacerlo por ti.

Heath vio su cara de desconcierto. Envidiaba la forma en que Roland había sabido llevar su relación con ella. Amy se había mostrado siempre muy dócil y comprensiva con su hermano. Todo lo contrario que con él.

La diferencia era que ella había amado a Roland… y a él no lo amaba.

Cerró la caja del anillo.

—No voy a obligarte a llevar este anillo. Si no quieres ponértelo, debo entender que este matrimonio supone un problema para ti.

—No, no, sí… quiero casarme contigo… Es solo que…

Amy se tapó la cara con las manos. El anillo de

67

compromiso de Roland centelleó bajo la luz iridiscente del acuario. Era el anillo del que no quería desprenderse. El símbolo de una relación que no quería romper.

Heath se sintió embargado de un sentimiento de amargura próximo a los celos. ¿Cómo podía haber caído tan bajo como para sentir envidia de su hermano muerto y codiciar a su prometida?

—¡Maldita sea! He convertido mi vida en un desastre —susurró Amy.

Heath se quedó sorprendido. Ella nunca decía palabrotas. Nunca. ¿Tenía él la culpa de ello?

Se sentó a su lado y la habló dulcemente.

—Dime qué quieres que haga, Amy, y lo haré.

Amy apartó las manos de la cara.

—¿Lo dices en serio?

Ella nunca había imaginado que él fuera capaz de sacrificarse por ella. Siempre se había mostrado muy reservado, ocultando sus emociones.

—¿Aún lo dudas?

Ella extendió la mano.

—Ponme el anillo, entonces.

Heath pareció transfigurarse de alegría ante la idea de verla con el anillo en el dedo.

—Antes tendrás que quitarte el anillo de Roland.

—No puedo —dijo ella con un destello de nostalgia en la mirada.

¡Por todos los diablos! ¿Cómo podía haberse hecho ilusiones? El espíritu de Roland se interpondría siempre entre ellos.

Heath se puso de pie, dejando caer el anillo sobre su falda.

–Olvídalo. Olvídate de todo este maldito asunto.

–¿Qué quieres decir…?

–Esto no va a funcionar –dijo él, volviendo a meterse las manos en los bolsillos.

–¿Ya no quieres casarte conmigo? –exclamó ella con cara de desolación.

–No es eso, Amy. Es que creo que…

Amy inclinó la cabeza y tomó la caja del anillo que tenía entre los pliegues de la falda.

–¿Y qué hacemos con el anillo? –preguntó ella con la voz quebrada.

–Puedes quedártelo, si quieres. Lo elegí para ti.

–¿Lo elegiste tú? –dijo ella emocionada.

–Sí. ¿Quién si no?

–No lo sé. Tal vez, Megan.

–¿Megan? ¿Por qué iba mi hermana a elegir tu anillo?

–Porque tiene mucho gusto para estas cosas. Y para ahorrarte molestias.

–Yo quería algo que fuese con tu personalidad. Que fuese único como tú. Que te sintieses orgullosa llevándolo.

Heath pensó que ya había dicho suficiente. Miró el reloj. Ya era tarde. Amy debía estar agotada. Tomó la chaqueta y se la puso.

–Ven, te llevaré a casa.

–¡No lo entiendo!– exclamó ella, poniéndose de pie–. Durante la comida, me dijiste que nuestro matrimonio podría funcionar si los dos poníamos algo de nuestra parte. Y ahora estás deseando llevarme a casa y separarte de mí solo porque no quiero quitarme el anillo de Roland. Si has cambiado de opinión, dímelo sinceramente.

–Esto no es fácil para mí, Amy. Nunca he sido un cobarde. He hecho todo lo que he podido. Ahora la pelota está en tu tejado.

–Me dijiste que el matrimonio no era para los hombres como tú. Sé que si me has propuesto casarme contigo ha sido por el bebé, por tu sentido de la responsabilidad. Como una obligación. Así que puedo comprender que te sientas atrapado y quieras...

–¿Romper nuestro acuerdo?

–Tal vez sería lo mejor –replicó ella, desviando la mirada.

–Si no estás dispuesta siquiera a desprenderte del anillo de Roland, es que no estás preparada para esto. Creo, por tu propio bien, que será mejor que lo dejemos.

–Pero yo no quiero que te vayas. Preferiría que te casaras conmigo. Mi bebé va a necesitar un padre. Creo que estábamos de acuerdo en eso.

Heath dejó escapar un suspiro de resignación. El bebé. Claro. No se trataba de lo que ella desease, sino de lo que pensaba que era mejor para su bebé.

Heath vio con cara de incredulidad cómo ella se quitaba el anillo de brillantes de Roland y se lo guardaba en el bolso.

–Ya está –dijo, mostrando su dedo desnudo con gesto desafiante–. ¿Estás ya contento?

–Aún no –respondió él con la voz apagada, sin atreverse a considerar la felicidad que parecía tener ahora casi a su alcance.

–Está bien –dijo ella, agachándose a recoger el anillo que se había caído a sus pies y sosteniéndolo en los dedos para ponérselo–. ¿Te hace esto feliz?

–Dámelo –dijo él, deseando no ver la cara de desagrado que ella pondría cuando se pusiese el anillo en el dedo–. ¿Puedes darme la mano izquierda... por favor?

Ella le tendió la mano sin rechistar y Heath le colocó el anillo en el dedo con mucha ceremonia. Se ajustaba perfectamente, como si estuviera hecho para ella.

Conteniendo un suspiro de satisfacción, inclinó la cabeza y le besó la mano en señal de gratitud. Sintió la frialdad de sus dedos. Bajó la cabeza y volvió a besarle la mano, resistiéndose a soltarla. Sintió una sensación de triunfo al percibir el temblor de sus dedos en los labios.

Ella lo deseaba. Tanto como él a ella.

Apartó la boca de su mano con un gesto de satisfacción, convencido de que, al menos, por el lado físico, no habría ningún problema en su matrimonio.

–Ese dedo se supone que va directamente al corazón –dijo ella con voz temblorosa.

Heath alzó la cabeza y vio en sus ojos el color de la miel. Debía dejar de pensar en el pasado y concentrase en las emociones que hervían entre ellos dos.

Siguió mirándola intensamente. Sus ojos de color ámbar parecían empezar a derretirse. Entonces comprendió lo que debía hacer. Se inclinó y la besó.

Oyó un gemido y su lengua se abrió paso entre la suave barrera de sus labios, llenando su boca.

Cerró los ojos, concentrándose en cada respiración, en cada sensación. Ella sabía a chocolate con menta. Su boca era ardiente y dulce. Se sintió embriagado de deseo.

–¡No!

Heath abrió los ojos, sorprendido de su inexplicable negativa, y dejó de besarla.

–Esto es un lugar público –añadió ella, retirándose unos pasos de él.

Amy se pasó la lengua por los labios y él sintió una gran desazón en la boca del estómago. Tenía deseos de saborear aquellos labios carnosos, pero se contuvo al ver al expresión de su mirada.

–¿Es esa la única razón?

–Heath, no deseo esto.

–¿Esto? –exclamó él, frunciendo el ceño–. ¿No te gusta que te bese? ¿Ni siquiera aunque vayamos a un lugar más privado?

–Así es.

–¿Por qué? Hace unas horas, quedamos de acuerdo en que haríamos el amor cuando estuviéramos casados.

–Heath, no quiero sentir esto.

Él imaginó la angustia que debía estar sintiendo. Comprendía su sensación de culpabilidad por entender que aquello podía significar una traición para Roland.

Pero ella lo deseaba. Se lo había demostrado respondiendo a su beso. No había enterrado el corazón con su hermano. Eso significaba que no tendría una mujer de cartón piedra en la cama. Él no quería sacrificios, deseaba una esposa de carne y hueso en el dormitorio.

—No te preocupes por eso —dijo él, volviendo a meterse las manos en los bolsillos para vencer la tentación de estrecharla en sus brazos—. Cuando estemos casados, todo será más fácil.

Ella lo miró tímidamente a los ojos.

—Eso es lo que he estado tratando de decirme a mí misma, pero tengo miedo de…

—¿De qué?

Ella se mordió el labio inferior.

—Tengo miedo de que si dejo que esto suceda… ¡Oh, Dios! ¡No puedo decírtelo! —exclamó, tapándose la cara con las manos.

—Amy —dijo él, sacándose las manos de los bolsillos y acariciándole las mejillas para tranquilizarla—. No tienes por qué tener reservas conmigo. Te conozco de toda la vida. No hay nada que no puedas decirme.

—Te equivocas. Hay muchas cosas que no sabes de mí y que me resulta muy difícil decírtelas. Hay un aspecto de mí que… ¡Oh! ¡Es vergonzoso!

Heath sonrió aliviado, comprendiendo que se

trataba del deseo que sentía de hacer el amor con él. La acarició dulcemente.

–Créeme –dijo él con la voz apagada–. Estoy deseando conocer ese lado tuyo. Así que será mejor que nos casemos cuanto antes. Porque estoy seguro de que nuestro matrimonio va a ser muy apasionado –dijo él, acercándose a ella hasta casi pegar su cuerpo al suyo.

–¡No! –susurró ella, cerrando los ojos.

Pero no se apartó.

Heath sonrió emocionado al ver que todos sus temores eran infundados. Ella había accedido a casarse con él. Se había quitado el anillo de Roland y se había puesto el suyo.

Lo único que quedaba era concertar la boda lo antes posible. Su madre y su hermana se encargarían de ello. Amy no era el tipo de mujer que dejaría plantado a un hombre al pie del altar. Doña Perfecta nunca haría una cosa así. Su sentido del deber no se lo permitiría.

–Te daré tiempo. Pero no nos engañemos, seremos amantes. Pasión no será lo que falte en nuestro matrimonio.

Cuando Heath se inclinó hacia ella, sabía que ahora no iba a rechazarlo. Ella se apretó contra su pecho mientras él la estrechaba por la cintura. Heath sintió el calor de su cuerpo. Sus labios se abrieron antes de que él acercara la boca.

Era hora de que ella aceptase que iba a convertirse en su mujer, en su esposa. En todos los sentidos.

Capítulo Seis

La fecha de la boda se había fijado para el sábado siguiente.

Cinco días. Eso era todo lo que tenía, le dijo Heath a Amy aquel lunes a última hora de la tarde, apoyado en la mesa de recepción. La mayoría del personal ya se había ido. Reinaba un gran silencio en el espacioso vestíbulo. Y estaban solos.

Todo estaba sucediendo muy deprisa. Kay ya había concertado el menú con una empresa de catering, Alyssa se había ofrecido a llamar y mandar las tarjetas a todos los invitados, y Megan no paraba de asediarla para que fuera con ella a la ciudad a elegir el vestido de novia. La familia Saxon había acogido la boda con mucho entusiasmo y todo el mundo parecía dispuesto a colaborar en el éxito de la ceremonia.

Amy se vio sin otra cosa que hacer que aceptar las ideas de los demás.

Pero no podía quejarse. No quería contrariar a Heath. Su boda había llenado de alegría a la familia. Nunca había visto a Kay tan feliz. Su madrina había abandonado la idea de marcharse a Australia por una temporada. La boda y el bebé parecían haber dado un nuevo impulso a su vida.

Amy alzó ahora la vista y vio a Heath inclinándose hacia ella. Parecía demacrado y ojeroso. Desde luego, no tenía el aspecto de un novio feliz y entusiasmado. Estaba trabajando duro por ella y por su familia.

—Me sentiré más tranquila cuando todo este jaleo termine.

Él no sonrió. Por el contrario, sus ojos se tornaron más sombríos que nunca. Parecían los ojos del diablo. Sin embargo, había estado tan amable con ella todos esos días…

Él la miró fijamente y apoyó los codos en el mostrador.

—¿Dónde quieres ir después?

—¿Después?

—Después de la boda. De luna de miel.

¿La luna de miel? Amy sintió un calor líquido corriendo por su vientre ante la idea de ir a un lugar donde estuviera a solas con él.

—¿Qué falta nos hace ir de luna de miel? Nadie va a esperar de nosotros que…

—Iremos de luna de miel —replicó él con firmeza—. Así podremos conocernos mejor.

Ella conocía a Heath desde siempre, pero… estar a solas con él sería diferente.

Respiró hondo el aire húmedo de la noche.

—Heath, ya sé que esto no va a ser un matrimonio platónico, pero no necesitamos una luna de miel. Nuestro matrimonio no va a ser de ese tipo.

Él la miró con los ojos entornados de forma inquietante.

–¿Y de qué tipo piensas tú que va a ser nuestro matrimonio?

–¡Uf…! Quería decir que lo nuestro no es un matrimonio por amor. ¿Quién podría creerlo? Especialmente, a solo dos meses de la muerte de Roland.

–La gente creerá que el dolor nos ha unido. Mientras tú no les digas a nadie lo contrario.

–Todo el mundo se pondrá a echar cuentas y acabará preguntándose si el bebé es de Roland… o tuyo.

Las facciones de Heath se tornaron duras como rocas.

–Todo el mundo sabe que siempre has estado enamorada de Roland. No hay ninguna razón para que pongan en duda la paternidad del bebé.

Su amante se movía, deslizando su cuerpo sobre el de ella. Un rayo de luna reveló las duras facciones de su rostro. Era un lado de él que ella nunca había visto. Un breve instante de cordura la hizo vacilar, pero entonces él la besó y sus besos eróticos la hicieron derretirse por dentro. Con un suspiro de placer, se entregó rendida.

Sintió los ojos de Heath clavados en ella. Un torrente de adrenalina comenzó a correrle por las venas.

¿Y si ella hacía algo que le hacía pensar que lo deseaba?

En realidad, lo deseaba, aunque no quisiera admitirlo.

Razón de más para hacerle desistir de su idea de la luna de miel.

–¿Y que va a pasar con el Festival de Verano? Aún quedan muchas cosas por hacer –dijo ella, enseñándole la lista de tareas pendientes que tenía en una libreta–. No puedo irme así sin más.

–Ya lo creo que puedes. Se trata de nuestra luna de miel. Todo el mundo lo entenderá.

¡Uf! No iba a resultar nada fácil convencerlo, pensó ella.

–¿Y cuánto tiempo va a durar? –preguntó, rindiéndose a la evidencia.

–Cinco días. Tendrás tiempo más que suficiente para colaborar en la organización del festival cuando vuelvas. Yo te ayudaré.

A medida que los días pasaban y la fecha de la boda se acercaba, la tensión de Amy iba en aumento. Se daba cuenta de que estaba perdiendo el control de su vida. No había tenido ocasión de decidir ni la fecha de su boda ni la luna de miel.

Pero había una cosa que aún estaba en sus manos: decidir si de verdad quería casarse o no con Heath.

Se sentía culpable y debía decírselo. Había intentado hablar con él varias veces, pero siempre le había faltado el valor en el último minuto. Era una cobarde. Sin embargo, se prometió que no se casaría sin decirle a Heath eso que tanto le costaba confesar. Pero cada día se le hacía más difícil, y cuando llegó la víspera de la boda, todas sus buenas intenciones quedaron en nada.

La noche había comenzó bastante bien. Heath había invitado al padre de Amy a cenar con ellos en Chosen Valley. Una cena informal. Sin etiqueta. Amy se había puesto unos pantalones vaqueros que casi ya no podía abrocharse y un top. Heath llevaba, como siempre, sus vaqueros negros de marca y una camiseta.

Después de una comida espléndida, los tres se fueron al cuarto de estar. Había una luz suave y relajante. Josie, el ama de llaves de Heath, llevó una taza de chocolate caliente para Amy y los dos hombres se sirvieron una copa de oporto.

Amy se sintió avergonzada cuando su padre, para amenizar la velada, se puso a contar historias de cuando ella era niña. Heath, sin embargo, parecía muy interesado escuchándolas. Aparte de alguna mirada ocasional, se comportaba como si se hubiera olvidado de que ella estaba allí.

Finalmente, pareció recordar su presencia.

–¿Has tomado ya el hierro y las vitaminas, Amy? No te olvides de tomarlas. Mañana va ser un día muy duro.

–Deja de decirme lo que tengo que hacer –replicó ella indignada–. A pesar de lo que puedas creer, ya no soy una niña.

Las palabras retumbaron como una sentencia por las paredes del cuarto. En el fondo, ella sabía que estaba siendo injusta con él. Pero no podía dominar el resentimiento que había estado latente en su corazón desde que él había comprado Chosen Valley.

–Cálmate –dijo Heath.

–Deja entonces de entrometerte en mi vida como siempre has hecho.

–¡Amy! –exclamó su padre–. Heath salvó esta hacienda. ¿No puedes entender eso? Sé que tenías intención de ayudarme, pero no lo habrías conseguido.

–¿Qué quieres decir, Ralph? –preguntó Heath en voz baja.

Ralph Wright miró a su hija con ojos indulgentes, como si quisiera disculparse con ella.

–La situación era muy complicada. Me demoré demasiado con la vendimia y... cuando llegaron las lluvias... ya no se pudo hacer nada por salvar la cosecha.

–Está bien, papá –dijo ella, poniéndole una mano en el hombro.

–¿Qué planes tenías? –preguntó Heath, dirigiéndose a ella.

–Fui a hablar con el director del banco para ampliar nuestro crédito. Pero me dijo que no les interesaba –respondió ella, recordando la humillación–. Había pensado poner un pequeño hostal. Era algo que siempre había soñado. Tenía preparado incluso un plan de negocio.

–Deberías habérmelo dicho.

–¿Para qué? ¿Habrías ido a amenazarles con una porra para me dieran el préstamo?

Él esbozó una leve sonrisa.

–Creo que me sobrestimas. Supongo que yo tampoco habría conseguido que te dieran el crédito, pero podría haberme presentado como avalista. O haberte adelantado el dinero…

–No. Eso habría sido lo último que hubiera hecho.

–¿Por qué?

–No quería estar en deuda contigo. Soy una persona adulta. No quería que vinieses a solucionar mis problemas como siempre has hecho.

Como había hecho cuando era una colegiala. Solo que esa vez había ido más lejos. Había comprado su casa y le había buscado un empleo en Saxon´s Folly. Siempre se había sentido como una marioneta movida por los hilos que él controlaba.

Heath puso cara de circunstancia y dejó su copa de oporto en la mesa.

–Amy, hace años que dejé de verte como una niña. Pero tú estabas empezando a salir con Roland por entonces, ¿rechazaste también su ayuda?

–Le hablé de mis planes. Él viajaba mucho y me dijo que en el futuro me llevaría con él. Pensaba que si yo abría un negocio de hostelería ya no querría marcharme de aquí.

Roland sabía que ella deseaba formar una familia y él no quería que su esposa trabajase. En eso, era igual que su padre. Los dos pensaban que el deber de una esposa era apoyar a su marido y hacerle la vida más fácil.

El banco había rechazado su plan y, con él, el sueño de su vida. Roland le había dicho que, cuando estuvieran casados, podría ayudarle en su trabajo como director de marketing atendiendo a los clientes.

Ella había logrado convencer a Roland de que, mientras tanto, necesitaba contar con unos ingresos para poder tener su independencia. Eso no le había gustado, pero había accedido con la condición de que trabajase en Saxon´s Folly. Ella había declinado su oferta porque adivinaba que eso podría significar algún tipo de contrapartida por su parte y deseaba llegar virgen al matrimonio.

Su vestido blanco de novia era otro de sus sueños rotos. Igual que el de su virginidad. Sintió un escalofrío al venirle a la memoria el recuerdo de una boca junto a su cuello y unas palabras ardientes susurradas al oído.

Amy se estremeció de placer cuando los dedos varoniles le acariciaron la piel desnuda que brillaba como pétalos de rosa blanca a la luz de la luna. Aquel éxtasis era un error, un espejismo. Pero ella no se atrevía a decirle que parase. Le consumía el deseo y la pasión que sus caricias habían encendido en ella.

Trató de olvidar aquellas imágenes lascivas. Nunca debía haberse rendido a la tentación. Había roto su castidad por dejarse llevar. Era tan culpable como Roland.

Durante los dos años que habían estado saliendo y luego durante el año que habían estado comprometidos, nunca había pensado que Roland pudiera serle infiel. La fidelidad era para ella parte consustancial del amor. Había creído que estando juntos podrían llegar a conocerse mejor y vivir una historia romántica.

Pero Roland no compartía sus creencias.

Cuando ella se enteró de que él estaba con otra mujer, le dio un ultimátum. Roland echó la culpa de todo a su trasnochado voto de castidad. Le dijo que si se hubiera acostado con él, no habría necesitado ir a buscar fuera lo que tenía en casa. Esa noche, le hizo dudar de sus valores, de sus creencias. Empezó a creer que era culpa suya que él se acostara con otras mujeres y no le fuera fiel.

Le había hecho dudar de todo. De sus sentimientos y sus principios. Incluso de quién era.

La oscuridad ocultaba el color febril que sus caricias habían dejado en su piel ardiente de deseo. Se sintió asaltada por una lasitud embriagadora. Podía fingir que era un hermoso sueño, que la pesadilla de la noche anterior se había desvanecido para siempre, que había despertado por la mañana en los brazos de su amado y que todo estaba bien…

Heath observó el color de sus mejillas encendidas, pero ella eludió su mirada.

¿Sabría que deseaba besarla y saborear sus labios hasta dejarlos del color rosa que teñía sus mejillas? Estaba tan sexy…

Ralph se había puesto a hablar de las previsiones del tiempo y Heath asentía con la cabeza sin escucharle. Tenía toda la atención puesta en Amy. Cuando por fin ella giró la cabeza y lo miró a los ojos, pareció decirle sin palabras que sabía exactamente lo que estaba pensando.

Heath borró la sonrisa de sus labios.

La dulce Amy, la inocente Amy… Él siempre la había deseado.

Ella hizo un gesto de desaprobación con los labios. Un mohín delicioso que le hizo desearla aún más. Deseaba besarla con pasión hasta que el capullo rosa de su boca floreciera en sus labios. Le guiñó un ojo. Ella lo miró fijamente pero sin el menor atisbo de alegría en los ojos.

Ralph estaba mirándolo también. Heath se sintió turbado al ser sorprendido mirando embobado a su hija como un idiota enfermo de amor.

–¿Estás preparado? –preguntó Ralph.

Heath parpadeó nuevamente sorprendido. ¿Preparado? ¿Para qué?

¡Ah! Sí. Claro que sí. Hacía años que lo estaba.

–Sí, estoy preparado para mañana –respondió Heath, tomando un trago de su copa de oporto.

No podía creer que al final lo hubiera conseguido. Iba a casarse con Amy al día siguiente. Se sintió invadido por una euforia descontrolada.

–Nunca imaginé que Amy pudiera casarse contigo algún día –dijo Ralph, dirigiendo una mirada de cariño a su hija–. Aunque, bien pensado, no sé por qué. Hacéis una buena pareja.

–Estaba comprometida con Roland –dijo Amy, dejando la taza de golpe sobre la mesa.

–Creo que Heath será mejor para ti.

–¿Por qué dices eso, papá?

Heath apoyó la cabeza en el respaldo de la silla con aire expectante. Estaba muy interesado en conocer la opinión que su futuro suegro tenía de él.

Ralph hizo bailar el vino dentro de la copa unos segundos y luego echó un buen trago.

–Porque has sido siempre muy hogareña y Roland no paraba nunca en casa. Siempre andaba por ahí zascandileando.

–Ese era su trabajo –replicó ella–. Y yo lo aceptaba. Incluso llegó a decirme que, cuando nos casáramos, le gustaría que fuera con él para ayudarle a atender a los clientes.

Su padre negó con la cabeza.

–Roland era muy inquieto, nunca estaba a gusto en ningún sitio. Habrías acabado odiando estar siempre tras sus pasos.

Heath comprendió que Ralph era más perspicaz de lo que había imaginado. Demostraba haber conocido muy bien a Roland. Su hermano adoptivo había sido siempre un trotamundos y un mujeriego. Pero eso Amy no lo sabía.

–¿Crees que me habría encontrado insatisfactoria? ¿Que le habría aburrido? –preguntó Amy a su padre con los ojos echando chispas.

Heath reprimió una sonrisa ante la ridiculez de las preguntas.

–No, hija. No estoy tratando de criticarte, pero Roland era… como era. Salvaje e inquieto.

Amy se echó a reír.

–Estás confundido, papá. Esa es la descripción de Heath. Fíjate en él.

Ralph miró a Heath con ojos expertos para no perderse un detalle. De repente, Heath tuvo la sensación de que su futuro suegro sabía de él más de lo que sospechaba.

Esperó expectante el resultado de su evaluación.

–No sé, hija. Nunca me creí toda esa basura que se decía de él. Heath siempre ha estado donde se le ha necesitado, ha trabajado duro y siempre ha sabido estar en su sitio –dijo Ralph, dejando su copa de vino sobre la mesa–. Pero no corresponde a un padre hablar a su hija del hombre con el que va a casarse.

Heath soltó poco a poco el aliento que había estado conteniendo. Su secreto estaba a salvo. Se sintió reconfortado sabiendo que alguien había cuestionado la veracidad de los actos que le habían creado tan mala fama.

–¿Qué quieres decir? –preguntó Amy a su padre.

Ralph dirigió a Heath una sonrisa de complicidad.

–Creo que ya he dicho suficiente. Es hora de marcharme.

Esa sonrisa le dijo a Heath todo lo que necesitaba saber. Empujó la silla hacia atrás y se levantó.

***

Amy fue con él hasta la puerta para despedir a su padre, pero Heath vio que ella no tenía ninguna intención de irse.

Cuando Ralph se marchó, Heath le pasó el brazo suavemente por la cintura y la llevó al cuarto de estar.

–¿Estás enfadada?

–Un poco –respondió ella, apartándole el brazo con mucha naturalidad.

Luego abrió las puertas de cristal y salió a la terraza.

Heath encendió las luces y la siguió lentamente. La noche era cálida y el aire tenía el sabor salado del mar. La luz de la luna llena se derramaba sobre el paisaje, confiriéndole un extraño clima de cuento de hadas.

–¿Estás enojada conmigo?

–No, estoy enojada conmigo misma.

–¿Por qué? –preguntó él, conteniendo una sonrisa.

–Porque soy una cobarde.

Heath no pudo evitar soltar una carcajada. Ella le dirigió una mirada de reproche, como queriéndole decir que aquello no tenía ninguna gracia.

–Creo que también estás un poco enfadada conmigo, ¿verdad?

Ella no respondió.

Heath se acercó a ella un poco más y decidió aventurase en un territorio peligroso.

–¿Es porque yo estoy vivo y Roland no?

–¡No! Eso nunca –exclamó ella sorprendida.

Heath suspiró aliviado. No había ningún motivo de preocupación. Su hermano estaba muerto. Amy era suya. No lo amaba como a Roland, pero aprendería a amarlo. Él no era vanidoso pero sabía la pasión que despertaba en las mujeres.

Después de la boda, tendrían todo el tiempo del mundo. Ella acabaría amándolo.

–¿Por qué sigues viendo en mí al adolescente salvaje e inquieto? ¿Te sientes así más a gusto?

–¿Por qué piensas eso?

–Supongo que por esa manera que tienes de decir que soy un chico malo, que no tengo nada en común contigo, la chica buena.

–Eso no es cierto. Pero hiciste más de una locura cuando eras joven.

–No todas fueron obra mía. En algunas, me echaron la culpa injustamente. Yo era el más joven de todos. Era normal. A veces, incluso, hasta me halagaba que me echaran la culpa de cosas que no había hecho. Me hacía sentirme más hombre.

–Yo sabía que mi madre deseaba que saliera contigo –dijo ella con ojos soñadores–. Creo que habría sido feliz. Siempre soñó con verme casada con uno de los chicos de Kay.

–¿Es eso por lo que te enamoraste de Roland? ¿Para complacer a tu madre?

–No seas tonto. Nunca me habría casado con Roland por esa razón.

–¿Estás segura? ¿Pensaste alguna vez que podría ser yo al que realmente amabas y no a mi hermano?

–¡Heath! –exclamó ella con una leve sonrisa–. Sabes que estaba enamorada de Roland.

–¿Por qué? ¿Qué tenía él de especial?

–No lo sé… Pero cuando tenía diecisiete años y abrí su regalo de cumpleaños, supe que…

–¿Qué? –susurró él con gesto angustiado.

–Que él era el elegido. Me dio esto –dijo ella, acariciando el medallón relicario que llevaba colgado del cuello–. Fue un detalle tan romántico…

–¿Habría sido yo el elegido si te hubiera regalado ese medallón victoriano de brillantes tan romántico?

–No se trataba solo del oro y los brillantes.

–Lo sé. Era lo que ello representaba, ¿verdad?

–Sí. Tú nunca me diste nada igual –dijo ella con un brillo especial en la mirada.

–No, tienes razón. Pero ahora te vas casar conmigo –dijo el, poniéndole una mano en el vientre–. Piensa que este hijo podría haber sido mío.

Ella lo miró fijamente y, por un instante, el tiempo pareció detenerse. Sus ojos dorados se cubrieron de sombras. Se pasó la lengua por los labios con un gesto nervioso.

Heath, sin poder apartar la vista de ella, sintió que todo el deseo acumulado a lo largo de esos años, se concentraba entre sus muslos.

–No puedo esperar ya más. Deseo hacerte mía.

–Heath, me prometiste darme tiempo –dijo ella, cruzando los brazos sobre el pecho–. Hace algo de frío aquí afuera. Debemos entrar.

Heath ladeó la cabeza extrañado.

—Yo diría que hace una buena noche.

—No sé, pero yo siento frío.

Él pensó cómo se sentiría ella en sus brazos. Necesitaba abrazarla para asegurarse de que aquello que estaba viviendo era real y no un sueño. Tal vez estaba siendo demasiado optimista. Tal vez su hermano fuera siempre un muro infranqueable entre ellos y ella nunca llegara a amarlo. Pero valía la pena intentarlo.

—Déjame, yo te haré entrar en calor.

Capítulo Siete

–¡Oh, Dios!

Amy ya no sentía frío, sino un fuego abrasador que él había encendido dentro de ella. Se llevó los dedos a los labios. Los tenía inflamados de los besos. Alzó la vista y vio los ojos de Heath mirándola fijamente. Sintió un hormigueo por todo el cuerpo. Se despreció a sí misma por ello.

–Amy, no me mires así –dijo él, acercándose de nuevo a ella.

Ella cerró los ojos para no verlo y cruzó los brazos en actitud defensiva.

¿Cómo podía estar sintiendo aquello? No podía dejar de pensar en sus besos ni en la violencia con que había sentido latir el corazón cuando la había estrechado en sus brazos. Había sido un instante delicioso, pero ahora volvía a ver la realidad.

–Lo siento. Te prometí darte tu tiempo –dijo él en voz baja, como arrepentido, abrazándola suavemente.

Ella trató de resistirse, pero sintió un inesperado bienestar entre sus brazos. Sintió el latido de su corazón y el calor de su cuerpo junto al de él en el frescor de la noche iluminada por la luna. Estaba ardiendo de deseo, aunque sabía que él no tenía

91

ahora intención de volver a besarla y que solo quería reconfortarla.

Pero ya la había reconfortado una vez... ¿Y cómo había terminado aquello?

Presa de deseo, le deslizó las manos por el pecho. Sintió la suavidad de su camiseta y la dureza de su torso. Y su respiración entrecortada. Le pasó las manos por el cuello y le besó en la barbilla.

Él se apretó contra su cuerpo al sentir sus caricias. La besó con pasión y ella emitió un gemido, sintiendo que le flaqueaban las piernas.

Su boca invadió la suya, contagiándole su deseo. Ella cerró los ojos y se aferró a su cuello, dejándose llevar por aquella fuerza incontrolable.

Cuando Heath alzó la cabeza, estaba jadeando. Ella abrió los ojos y vio también un destello de triunfo en su mirada.

Siempre sería así, se dijo consternada. Habían bastado unos besos y unas caricias para hacerle perder el control y la voluntad. Y, lo que era peor, ahora él sabía lo vulnerable que era.

¿Cómo podía dejarse arrastrar por él para ser solo una más en su larga lista de conquistas? ¿Dónde estaba su amor propio? ¿Por qué tenía él ese tremendo poder sobre su cuerpo? ¿Cómo podía ir en contra de todo lo que ella creía sobre el amor y el matrimonio solo para satisfacer su desenfrenado deseo carnal?

Presa de una angustiosa sensación de malestar consigo misma, se apartó de él.

–No puedo hacerlo. No puedo casarme contigo.

Heath la agarró del brazo.

—Ya es demasiado tarde para eso, Amy.

Temerosa de que pudiera volver a besarla, retiró el brazo.

—Sería un gran error casarme contigo.

—¿Piensas dejarme plantado?

Los ojos oscuros de Heath brillaban de angustia y decepción.

Ella sintió ganas de llorar. Se apoyó en el marco de la puerta y respiró profundamente.

—Podemos llamar a todos los invitados esta noche y decirles que no habrá boda —dijo ella con la voz entrecortada—. De esa manera, ninguno de los dos quedaría mal.

—Yo no pienso suspender la boda.

—Tenemos que hacerlo, Heath. No puedo…

—¿Por qué? —exclamó él con aspereza—. ¿Por qué no quieres casarte conmigo?

—Ni siquiera crees en el matrimonio.

—¿Cómo puedes decir eso? Voy a casarme contigo, ¿no?

Ella estaba convencida de que solo lo hacía por su sentido del deber y la responsabilidad.

—Pero no crees en el amor.

—¿Eso es todo? —dijo él, acercándose un paso a ella—. ¿Es esa la única razón por la que no quieres casarte conmigo?

Amy retrocedió asustada.

—No. Yo tampoco te amo. Y los votos del matrimonio son sagrados. Prometerte amor, respeto y obediencia sería una mentira. No me pidas que lo haga.

Heath se quedó inmóvil con un gesto de contrariedad.

–No voy a permitir que rompas nuestro compromiso.

–Y yo no puedo hacer una falsa promesa diciendo que te amo. No puedes obligarme a que me case contigo si no quiero.

–¡Oh! Sí que puedo. Hay muy buenas razones para esta boda. Razones más fuertes que el amor. Estás embarazada. Nuestras familias se llevan muy bien. Nuestras madres han sido siempre muy buenas amigas. Tienes la oportunidad de regresar a la casa de tu familia.

Amy tenía que admitir que era una buena lista de razones. Pero no era suficiente. Tenía que decirle la verdad.

–No puedo...

–¡Estoy harto de oírte decir eso! Ya es demasiado tarde para anular la boda. Hacía tiempo que no veía a mis padres tan felices. Te casarás conmigo porque mis padres lo quieren.

–Muy bien. Ya puedes esperarme sentado mañana en la iglesia.

Amy se dio la vuelta, muy digna, dispuesta a marcharse.

–Amy, si no te presentas mañana, dejaré Saxon´s Folly.

Ella se sobresaltó al oír eso. Pero no se volvió.

–¿Qué quieres decir?

–Trabajaré solo en Chosen Valley y no volveré a preocuparme de Saxon´s Folly.

Ella se dio la vuelta y vio su mirada sombría e implacable.

–No puedes hacer eso.

–De ti depende.

–¿Serías capaz de obligarme a casarme contigo después de haberme dicho que esa era una decisión que debía tomar yo misma?

–Es ya demasiado tarde para cambiar de opinión, Amy.

Ella vio la expresión de firmeza en sus ojos. Sí, parecía determinado a hacer cualquier cosa si no se casaba con él. Pero ella sabía que, si Heath se marchaba de Saxon´s Folly, se abriría una brecha entre su padre y él que sería ya imposible cerrar. No podía permitir que eso sucediese, sabiendo que habría estado en su mano el evitarlo.

¿Tanto sacrificio suponía para ella casarse con Heath? Se puso los dedos en las sienes tratando de concentrarse. Tenía que pensar con claridad. La decisión que tomase ahora afectaría al resto de su vida… Y a la de Heath… y a la de sus padres.

Su instinto le aconsejaba salir corriendo de allí cuanto antes. Una serie de emociones confusas bullían en su mente. ¿Podía ella entregarse a una pasión tan loca? ¿Podía casarse con un hombre que había sido tan mujeriego? ¿Un hombre que era incapaz de amar a una mujer?

Aunque, bien mirado, tampoco había ningún peligro de que ella pudiera acabar enamorándose de él. Tampoco estaba renunciando a encontrar su gran amor algún día.

Pero estaba olvidando el motivo principal de aquella boda. Su bebé. ¡El bebé de ellos!

El bebé necesitaba un padre. ¿Y con quién mejor podía casarse que con el padre de su bebé?

—Nos casaremos mañana —dijo el padre de su bebé con voz fría como el hielo—. ¿Entendido?

Amy asintió con la cabeza. Tenía un nudo en la garganta que le impedía pronunciar una sola palabra. No podía decirle la verdad esa noche. Estaba demasiado enojado. Y ella tampoco estaba lo bastante serena como decírselo debidamente. No. No era el momento adecuado. Podría dar lugar a reproches mutuos y a palabras inconvenientes de las que luego tuvieran que arrepentirse. Había que esperar. Hasta que estuvieran casados.

Sabía que no tenía más remedio que casarse con él. Heath tenía razón. Su bebé iba a conseguir volver a unir a una familia desmembrada.

—Heath, te desprecio con toda mi alma por obligarme a hacer esto.

La fragancia a azahar y a fresias inundaba la iglesia de aquel pueblo costero. Amy entró del brazo de su padre. Cientos de velas reflejaban su luz sobre los muros de piedra del viejo templo. Los bancos estaban abarrotados de gente.

No era la boda íntima que ellos habían imaginado. Sin embargo, el ambiente era muy agradable e imperaba la alegría, a pesar de que los Saxon estaban aún de luto.

Las cabezas se volvieron y todos los rostros se iluminaron cuando Amy avanzó por el pasillo, tratando de poner su mejor sonrisa. Pero sentía que el nudo que tenía en la garganta se le hacía más grande a cada paso que daba. ¿Qué diría la gente si supiera que el hombre con el que había estado a punto de casarse no era realmente el padre del bebé que llevaba en el vientre, sino el hermano que estaba esperándola ahora al pie del altar?

Sí, Heath estaba allí esperándola. Estaba solo, de espaldas a ella. Llevaba un traje oscuro que se le ajustaba a los hombros sin una sola arruga. Inmóvil, firme, como una estatua.

Amy se había echado el velo hacia atrás y podía verlo con claridad. Alto, viril, poderoso. No era el adolescente que había conocido de niña… ni el loco pendenciero de sus años del instituto. Ahora era un reputado enólogo. Nadie podría llamarle ya Black Saxon. Era otra persona.

Un hombre poderoso. Un salvador que la había consolado en sus brazos la peor noche de su vida. Un amante que le había hecho olvidar su agonía, llevándola a las alturas de un éxtasis que ella nunca había conocido.

Su amante la atrajo hacia sí, tratando de consolarla. Luego, todo cambió en un instante. Sintió el frescor de su boca sobre su carne ardiente. Echó la cabeza hacia atrás y un sonido agudo y salvaje escapó de su garganta. Él había rasgado el velo de su feminidad revelando a alguien que ella no conocía.

Amy llegó al altar. Heath oyó el frufrú de su vestido de tafetán color marfil y volvió la cabeza. Ella vio su mirada fría e imperturbable. El padre le entregó a Heath la mano helada de su hija y luego se fue a sentar en el banco reservado a la familia de la novia.

Ella sintió la calidez de los dedos de Heath entre los suyos y tragó saliva, embriagada por aquella conexión misteriosa que parecía haber entre ellos.

Su amante se movió dentro de ella. Sintió una punzada de dolor y se estremeció con el cuerpo tenso. Él se quedó inmóvil un instante y la sensación de desgarro disminuyó. «No te detengas», susurró ella en un tono que no reconoció como suyo.

Él se movió de nuevo y ella, embargada de placer, olvidó el dolor entre sus brazos. Él se movió encima de ella, dentro de ella, con empujes lentos pero firmes que amenazaban con romperla por dentro de forma salvaje. Ella se precipitó en busca de su deseo, sintiéndose aterrada por aquella pasión nueva e irrefrenable. Él la había convertido en otra mujer que ella desconocía.

Heath había decidido casarse con ella por el bien de un bebé que él no sabía que era suyo. Le había engañado. Deliberadamente. Vinieron a su mente aquellas palabras impulsivas que ella le había dicho en un estado de agitación: «Estoy embarazada, Heath».

Aún recordaba la cara de sorpresa que él había puesto: «¿Estás segura?».

Y luego ella le había respondido con aquellas palabras que tanto había lamentado: «Sí, de tres meses».

Tenía que decirle la verdad. Él entendería por qué le había engañado añadiendo un mes más. Comprendería por qué le había resultado imposible confesar a nadie que Roland no era el padre del bebé que llevaba en el vientre sino él.

Tenía que enmendar su error, diciéndole la verdad. Era lo justo.

Le apretó la mano con fuerza y le guiñó un ojo. Vio con satisfacción que las facciones de su rostro se relajaban.

El sacerdote comenzó a decir las palabras protocolarias: «Si hay alguno entre los presentes que…». Ella se puso tensa, pero se sintió reconfortada al sentir la mano de Heath acariciando sus dedos. Nadie se levantó para decir que aquella ceremonia no podía celebrarse y las palabras siguientes del sacerdote cayeron sobre ella como una bendición.

Por primera vez, empezaba a creer que todo aquello podría funcionar. Vio con satisfacción cómo las facciones de Heath se suavizaban y perdían la dureza de antes.

Confiaba en que ya no hubiera más mentiras entre ellos.

Poco después, en los soleados jardines de Saxon´s Folly, frente a la vieja casa victoriana donde se había criado, Heath se puso a desempeñar su papel de nuevo marido orgulloso de su esposa. Los invitados se arremolinaban alrededor de los novios, dándoles la enhorabuena.

El resto de la celebración pasó en un suspiro. Cortaron la tarta. Amy lanzó el ramo y Megan lo recogió. Heath arrojó luego la liga de ella y un grupo de grupo de muchachos se la disputó acaloradamente.

–Es hora de irse –dijo él.

Ella estaba ya realmente agotada.

–¿Adónde vamos?

–Lo sabrás muy pronto –respondió él con una sonrisa enigmática.

Había un helicóptero esperándolos. Amy se quedó mirándolo con cara de sorpresa.

–¿Vamos a ir ahí?

Él asintió con la cabeza.

Cuando el helicóptero se elevó, ella suspiró aliviada. Miró hacia abajo por la ventanilla y vio a los invitados agitando las manos.

Con el rabillo del ojo, Heath vio a Amy levantar la mano devolviéndoles el saludo. Cuando ganaron altura, él observó que se llevaba las manos al estómago.

–Relájate. Todo va a ir bien. No hay ningún peligro. Ni para ti ni para el bebé.

El vuelo duró muy poco. Cuando las hélices comenzaron a detenerse, Amy se quitó los auriculares.

–¡Oh, estamos en Mataora! Puedo ver el cartel

de bienvenida. Es una de las islas Meitaki, si no recuerdo mal de mis clases de geografía.

–Sí, estás en lo cierto. Pero no vamos a quedarnos en el complejo residencial –dijo él–. He reservado un bungalow en la playa.

Una persona les estaba esperando al pie del helicóptero. Recogió sus maletas y los condujo a un automóvil descapotable.

El viaje hasta el bungalow fue bastante corto. Una vez dentro, el empleado les ofreció unos cócteles de bienvenida, pero Amy rechazó su ofrecimiento. No quería tomar nada de alcohol.

Cuando se quedaron solos, Heath se acercó a ella con una sonrisa.

–Puedes instalarte en el dormitorio principal, yo usaré el otro.

–¿Hay dos?

Heath trató de no interpretar como un agravio la cara de alivio que vio en su mirada.

–Sí, pensé que te sentirías así más cómoda.

–Gracias, Heath.

Él no recibió con mucho agrado su muestra de gratitud. Habría preferido que le hubiera dado las gracias entre gemidos de placer después de haber hecho el amor.

Suspiró con aire de resignación. Tenían cinco días por delante. Estaba seguro de que, en ese tiempo, conseguiría vencer sus defensas y recelos. La atracción que hervía a fuego lento entre ellos se encargaría del resto.

Tenía que conseguir que Amy se enamorase de él.

Cuando Amy salió de su habitación a la mañana siguiente, no vio el menor rastro de Heath en la sala de estar ni en la cocina. Se asomó a la puerta de su dormitorio. Estaba vacío.

Una extraña sensación de soledad se apoderó de ella. Eran un matrimonio de conveniencia. ¿Por qué se sentía entonces abandonada?

Heath tampoco estaba en la terraza que daba al mar. ¿Se habría ido a dar un paseo?

Suspiró resignada.

—Veo que ya estás despierta —dijo Heath, acercándose a ella por detrás.

Llevaba un traje de baño empapado, pegado a los muslos. Las gotas de agua que corrían por su pecho brillaban como perlas con el sol de la mañana. Tenía el pelo aplastado.

Amy no sabía dónde mirar. La imagen gloriosa de Heath en traje de baño le hizo olvidar el abatimiento. Estaba nerviosa, sin saber qué decir.

—El agua está estupenda —dijo él muy sonriente—. Ponte un traje de baño. Te esperaré.

—Creo que se me olvidó traérmelo. Me quedaré mirándote —dijo ella, sonrojándose al ver cómo habían sonado esas últimas palabras—. ¡Uf…! Iré a por mi libro.

—Como quieras —dijo Heath, encogiéndose de hombros.

Pero Amy observó que la alegría que había visto

en sus ojos al entrar había desaparecido. Tal vez debería haberse mostrado un poco más entusiasmada. Se sentía como una aguafiestas. Pero no deseaba estar junto a Heath en bañador, mientras él siguiese despertándole esa pasión.

Las chicas buenas no jugaban con fuego.

Tampoco era una mala forma de pasar la mañana descansando en una tumbona en la playa, leyendo un libro, se dijo ella una hora después. El único problema era que el libro que se había llevado era un novela romántica con mucho sexo y, en un momento dado, creyó ver a Heath convertido en el protagonista.

Cerró el libro de golpe, lo guardó en la bolsa y se removió inquieta en la tumbona. La figura de Heath parecía atraerla como un imán. No podía apartar los ojos de él. Sus anchos hombros desnudos brillaban, como bronce pulido a la luz del sol, cada vez que emergía del agua. De vez en cuando, él se volvía para mirarla y saludarla con la mano. En esos momentos, ella se ruborizaba como un niño al que su madre hubiese pillado con la mano en la caja de las galletas. Haciendo un esfuerzo para no caer hipnotizada por la visión de su cuerpo esplendoroso, se ajustó las gafas de sol, cerró los ojos y trató de relajarse.

Estaba medio dormida cuando sintió una gotas de agua fría en el brazo.

Heath estaba junto a ella.

−¿Ya has terminado? −preguntó ella sobresaltada.

−Umm. Creo que sí. No es muy divertido nadar

solo. Estoy seguro de que habrá una tienda de bañadores en el complejo residencial. Iremos a que te compres uno después de comer.

Lo primero que Heath descubrió cuando entraron en Splashes fue que Amy y él tenían una idea muy diferente del traje de baño que ella necesitaba.

—No puedo ponerme un biquini estando embarazada —dijo ella escandalizada.

—Apenas se te nota —replicó él mirándole los pechos—. Pruébate este.

—No, ese no. Es casi indecente. Y cuando se moje…

Heath sintió una gran excitación imaginándola con aquella diminuta pieza de tela blanca pegada a los pechos.

—Será un espectáculo maravilloso…

—¡Heath!

—Nuestro bungalow está en un extremo apartado de la playa. No te vería nadie más que yo —dijo él con una mirada de fuego.

—No. No pienso ponerme eso.

—Eres una cobardica —le susurró él al oído.

Ella prefirió no responder.

—¿Qué me dices de este? —dijo Heath, enseñándole un traje de baño con un top de licra rosa pálido, salpicado de tonos lila y magenta, y una parte inferior de color negro.

—Un poco chillón pero, desde luego, es mucho

mejor que… eso de antes –respondió Amy, dirigiendo una mirada despectiva al biquini y yéndose con el traje de baño a los probadores.

Heath contuvo la risa a duras penas. Casi había olvidado lo que disfrutaba burlándose de ella cuando tenía dieciséis años. Le gustaba verla enfadada con los ojos como platos y el ceño fruncido. Parecía como si nada hubiera cambiado.

Pero se equivocaba. Cuando la vio salir del probador, sintió que se quedaba sin respiración.

La mujer de mirada desafiante que tenía enfrente, llena de curvas en todos los lugares necesarios, no se parecía en nada a aquella chica de dieciséis años. Era toda una mujer. Una mujer que deseaba. Desesperadamente.

–¿No te gusta? –preguntó ella, viendo que no decía nada.

–Sí, te queda muy bien –replicó él, y luego añadió, sin poder resistir la tentación de provocarla una vez más–. ¿Estás segura de que no prefieres el biquini blanco? Ve a cambiarte, te esperaré en la salida.

Sin esperar su respuesta, Heath se dirigió a la zona de los complementos y echó en la cesta un sombrero de paja, una bolsa de playa, una esterilla y una crema para el sol.

Le llamó la atención un vestido que brillaba como los rayos del sol. Era de un color entre bronce y oro, como los ojos de Amy. Lo echó también a la cesta.

Cuando ella salió del probador con el traje de

baño en la mano, él ya había pagado las compras y estaba esperándola en la puerta de la tienda con un gran bolsa en la mano.

Ella se detuvo en seco.

—Pensaba pagarlo…

—Ya está todo pagado —replicó él con un gesto de indiferencia—. Es un regalo para mi bella novia. Guárdate el bolso y dame las gracias —añadió él ante la sonrisa indulgente de la cajera.

—Gracias —dijo ella más condescendiente de lo que él esperaba.

—¿Y mi beso? —preguntó él, inclinándose.

Estaba provocándola de nuevo. Quería ver su respuesta. Deseaba ver sus preciosos ojos echando chispas, aunque sabía lo discreta y comedida que era siempre en público. Doña Perfecta.

No había razón para esperar otra cosa de ella ahora.

Pero se equivocó de nuevo. En vez del recatado beso en la mejilla que esperaba, ella plegó los labios en un mohín seductor y lo besó en la boca con un beso tierno y prolongado.

Cuando por fin ella apartó los labios de su boca, dirigió una mirada desafiante a la cajera, que no había apartado un instante los ojos de ellos.

—Gracias, cariño —susurró Amy.

Heath empezaba a darse cuenta de que Amy, en plan de guerra, podía ser una mujer muy peligrosa.

***

Esa noche, la brisa estaba cargada con la fragancia de los magnolios y los arbustos que crecían entre la exuberante vegetación que rodeaba el bungalow. Amy se sentó en uno de los sillones de mimbre de la terraza y se arrellanó en los cojines, tratando de aparentar serenidad.

Heath estaba apoyado en la barandilla de madera, de espaldas al mar, mirándola fijamente.

–¡Por mi novia! –exclamó él, alzando su copa de champán.

–¡Por nuestro matrimonio! –dijo ella sin demasiada convicción.

–¡Por nuestro matrimonio! –repitió él.

Las luz de las velas se reflejaba en los grandes ventanales del bungalow, arrancando destellos dorados de las facciones de Heath. Sus ojos parecían más negros y penetrantes que nunca bajo aquella mezcla extraña de luces y sombras.

Amy sintió un escalofrío al pensar que estaba delante de un desconocido muy sexy e inquietante.

¡Basta ya!, se dijo ella. Estaba con Heath. Lo conocía de toda la vida. No había ninguna razón para que estuviese asustada por cenar con él a solas.

Además, ni siquiera estaban solos. Había un chef en la cocina, preparándoles la cena.

Unos minutos antes, un camarero había entrado a llevarles una botella de champán. Ella había pedido agua.

–Te sienta mejor el pelo como lo llevas ahora.

–Lo tengo hecho una pena –replicó ella.

Se había dado una ducha y se había puesto el

vestido de color bronce que Heath le había comprado.

–Me gusta así –dijo Heath, acercándose a ella.

Amy se puso tensa y apuró su copa de agua tratando de recobrar la calma.

Tenía que improvisar algo en seguida para salir de aquella situación.

–¿Qué te parece si damos un paseo por la orilla del mar?

–No tenemos tiempo –replicó él con cara de sorpresa–. La cena estará lista en unos minutos.

Estaba atrapada. Sin salida.

Se levantó del sillón y se dirigió a la barandilla. Apoyó las manos en ella y miró hacia el mar.

–¿De verdad quieres dar un paseo ahora? –dijo él justo detrás de ella–. ¿No te apetecería más después de cenar?

–Era solo una idea –respondió ella con la voz repentinamente apagada.

Sabía que había sido solo una argucia para protegerse de su proximidad. Sin embargo, ahora le tenía aún más cerca. Estaba atrapada entre su cuerpo y la balaustrada. No tenía escapatoria.

Se le hacía extraño pensar en Heath tratando de acosarla. Ella no era su tipo. El chico malo nunca había salido con chicas buenas.

Había sido su amigo y ahora era el padre de su hijo. Y también su marido.

Ella no lo amaba. Pero lo deseaba.

–No quiero ir a ninguna parte –le susurró él al oído–. Quiero quedarme aquí.

Amy se dio la vuelta.

—Heath…

Él la rodeó con sus brazos. Sus palabras parecieron perderse en la brisa de la noche. Entonces ella se dio cuenta de que él parecía estar atento a algo que había detrás de ella. Se quedó inmóvil un instante. Luego vio unas magnolias en sus manos y sintió que la noche se llenaba de un aroma tropical embriagador.

—No te muevas.

Era una orden inútil. Ella no podía moverse aunque lo intentara. Le flaqueaban las piernas. Confió en que sus sentimientos no la traicionaran. Sintió sus dedos tocándole las orejas y luego la adrenalina corriendo precipitadamente por sus venas cuando él le cubrió el pelo de magnolias.

—Así —dijo él dando un paso atrás para verla mejor, llena de flores.

Amy respiró aliviada. Heath era un caballero. No tenía nada que temer. Mientras su mente no le jugase una mala pasada haciéndole creer que estaba enamorada de Heath, todo iría bien.

Ellos no necesitaban enamorarse para estar juntos. Tenían un bebé. El bebé que él creía que era de su hermano.

Sintió una punzada en el estómago al recordarlo. Tenía que decírselo… Pero no ahora.

Vio su cabeza inclinándose hacia ella. Había un brillo especial en sus ojos diabólicos de chico malo y una irresistible sonrisa en las comisuras de sus labios.

Pero el sonido de unas suaves pisadas rompió la magia del momento.

El camarero acababa de entrar para decirles que la cena estaba servida.

Cuando acabaron de cenar y el camarero se retiró, Heath se sentó cómodamente en el sofá del salón y esbozó una sonrisa viendo lo nerviosa que estaba.

–Ven conmigo –dijo él suavemente.

Ella se acercó a él, con la mirada baja, sin decir nada.

Incluso a la débil luz de las velas, Heath pudo ver que estaba temblando.

–¿De qué tienes miedo?

Ella alzó la vista y clavó en él sus ojos dorados. Él se estremeció al ver la expresión de su mirada. Sin pensárselo dos veces, la sentó a horcajadas entre sus muslos dejándose envolver por su aroma a rosas y a pasión.

Había comprendido que no era el miedo lo que le hacía temblar. Sino el deseo.

Él estaba muy excitado. Su erección era claramente visible dentro de los pantalones.

Antes de que ella pudiera objetar nada sobre la intimidad de aquel contacto, Heath le puso las manos en el pelo y la trajo hacia sí hasta que sus bocas se encontraron.

Se besaron, se separaron y se volvieron a besar una y otra vez en una danza erótica. Una danza en la que Heath deseaba seguir bailando hasta el final.

—Nunca me cansaré de esto —susurró él entre sus labios.

Amy emitió un leve gemido, un ronroneo de placer.

En respuesta, Heath le acarició los hombros y la espalda, cubierta por la fina seda del vestido.

Luego, con una mano, se sacó la camisa de los pantalones y se desabrochó los botones con impaciencia hasta que su pecho quedó al descubierto.

Ella jadeó un instante al verlo y luego le acarició el pecho con sus dedos largos y suaves, hasta conseguir llevar su erección a límites insospechados.

—Tócame —susurró él, envolviéndola en sus brazos y apretándola contra su cuerpo.

Ella siguió acariciándole el pecho, trazando suaves círculos con los dedos en sus pectorales, y luego bajó las manos por su abdomen.

Él cerró los ojos y susurró algo entre dientes, embriagado de placer.

Cuando volvió a abrirlos, vio una expresión de deseo en su mirada.

—No pude verte la última vez —dijo ella con un rubor febril en las mejillas.

Aquella vez, los envolvía la noche. Heath se quedó paralizado. La última vez…

Él la había llevado a Chosen Valley muy angustiada, tras haber sobrevivido al accidente de coche en el que su hermano Roland había resultado gravemente herido. Le había dado un sedante y se había quedado unas horas a su lado vigilándola.

A media noche, la había dejado al cuidado de Josie y se había ido al hospital a ver a su hermano, que estaba ingresado en la UCI. Pero Roland ya había fallecido.

Había vuelto a casa, consternado, poco antes del amanecer. Le había dicho a Josie que se marchara y le había comunicado a Amy la mala noticia.

Ella se había mostrado desolada. Él la había abrazado… y luego el dolor mutuo que ambos sentían se había plasmado en algo más. En vez de consolarla, había hecho el amor con ella al amparo de la oscuridad.

—Mírame todo lo que quieras —dijo Heath.

Amy esbozó una sonrisa sensual… intensamente femenina.

—Puedes estar seguro.

Heath le soltó con destreza las cintas del vestido, dejándolo caer hasta la altura de sus caderas. Luego se inclinó sobre ella y besó su piel de porcelana y los pezones de sus pechos inflamados, deleitándose con sus gemidos de placer.

Estaba muy excitado. Sabía que si no actuaba pronto todo terminaría antes de haber comenzado.

Se bajó la cremallera y se quitó los pantalones. Luego se apretó contra ella. Sintió la dureza de su miembro frotando contra la suavidad de sus lugares más íntimos.

Acarició su espalda desnuda con las palmas de las manos. Ella estaba temblando.

–Mírame –susurró él.

Ella clavó los ojos en los suyos. Era una mirada de deseo que parecía salir de las profundidades de sus ojos dorados. Heath deslizó las manos por debajo del dobladillo de su vestido.

Creyó que se le paraba el corazón cuando descubrió el minúsculo tanga que llevaba. Metió dos dedos por debajo y la encontró húmeda.

Con la respiración entrecortada y a punto de explotar, le arrancó el tanga limpiamente.

Luego la agarró de las caderas, levantándola y acomodándose contra su cuerpo. Un instante después, estaba dentro de ella, sintiendo su calor abrasándole.

Ella se movió con frenesí al compás de sus empujes, provocando en él estallidos y convulsiones de placer que le hicieron explotar justo cuando ella llegó al clímax final.

Capítulo Ocho

Heath se despertó poco a poco.

Su primer pensamiento fue para Amy. Giró la cabeza. Ella seguía durmiendo. A la luz rosácea del amanecer, sus negras pestañas destacaban sobre la blancura de su piel. Una de sus manos descansaba entre la almohada y la mejilla.

Después de haber hecho el amor, ella había permanecido en silencio, evitando su mirada.

Había tratado de sacarla de su mutismo sin éxito. Se había quedado finalmente dormida en el sofá y él la había llevado a la cama.

¿Estaría arrepentida de la pasión que había desplegada esa noche? ¿Sentiría que había traicionado a Roland... por segunda vez?

Hay muchas cosas que no sabes de mí y que me resulta muy difícil decírtelas. Hay un aspecto de mí que... ¡Oh! ¡Es vergonzoso!

Sus palabras volvían a atormentarlo. Ella se sentiría avergonzada. Y él tenía la culpa. Por su impaciencia. Porque la deseaba. No la había dado respiro. La había tomado, tratando de dejar una huella en ella para que nunca lo olvidara.

Poco después, tras un desayuno a la inglesa con huevos fritos, beicon, tostadas y mermelada, se fueron a una de las playas más famosas de la zona.

Amy siguió a Heath por un estrecho sendero, llevando al hombro la bolsa que él le había comprado. Al divisar la playa, Heath se detuvo en seco.

Amy chocó con él sin querer, sintió al instante un intenso calor ante el contacto inesperado.

Amy lo miró fijamente pero fue incapaz de descifrar la expresión de sus ojos con las gafas de sol que llevaba puestas.

Presentía que se había producido un cierto distanciamiento entre ellos desde esa mañana. Sabía que había perdido la oportunidad de decirle que el bebé era suyo. Ahora, después de haber hecho el amor, le sería más difícil.

—¿Es esta esa playa tan famosa? —preguntó ella.

—Sí, esta es.

Amy contempló la franja de arena dorada y el mar de color turquesa oscuro. La playa estaba desierta. Parecía la foto de un anuncio del paraíso.

—Entonces, ¿por qué nos hemos detenido?

—No estoy seguro de que haya sido una buena idea venir aquí.

—¿Por qué? ¿Es peligrosa?

—Podríamos decirlo así.

Amy entornó los ojos e hizo pantalla con la mano en la frente para protegerse del sol. Miró al mar en busca de alguna corriente de agua que pudiera indicar la presencia de algún peligro.

—No veo nada anormal, parece una playa idílica

–dijo ella, volviéndose hacia él–. ¿Cuál es el problema?

Heath se tomó su tiempo en contestar.

–No hay apenas gente.

Amy se sintió herida. ¿Por qué no quería estar a solas con ella. ¿Se sentiría arrepentido de haber hecho el amor con ella la noche anterior?

Tratando de ocultar su desazón, se dirigió la playa con paso decidido.

–Es una playa maravillosa. Tampoco es necesario que nademos, podemos tomar el sol tranquilamente sin nadie que nos moleste.

Al llegar a la playa, sacó la esterilla de la bolsa y la extendió en la arena. Heath le había seguido los pasos, pero ella fingió no darse cuenta de su presencia.

Se quitó el vestido plisado rosa que llevaba y se quedó con el traje de baño que Heath le había comprado. Se aplicó un poco de crema protectora y se tumbó boca abajo en la esterilla.

Se hizo un silencio mortal a su espalda.

Comenzó a ponerse nerviosa. Trató de vencer la tentación de mirar con el rabillo del ojo a ver lo que Heath estaba haciendo. Al final, consiguió serenarse.

Si él pensaba que estarían allí más seguros si hubiera más gente, iba demostrarle que podía sentirse completamente seguro con ella en aquella playa desierta. No tenía por qué temer nada. No tenía intención de abalanzarse sobre él como una gata en celo. No era su estilo.

Cerró los ojos, dispuesta a disfrutar del sol, y se quedó adormecida.

Se sobresaltó al oír la voz de Heath preguntándole si necesitaba un poco más de crema solar.

–Umm –murmuró ella, más dormida que despierta.

Pero se despertó del todo al sentir sus manos en las piernas.

–¿Qué estás haciendo?

Él le dedicó una sonrisa mordaz.

–Ponerte algo de crema, como me pediste.

–Pensé que ibas a pasarme el frasco.

–Tenía ya las manos untadas y aproveché para…

–Claro –replicó ella, tratando de disimular el placer que sentía mientras él le daba la crema con movimientos largos y acariciadores–. Ya, ya es suficiente –dijo ella cuando empezó a aplicarle la crema por la parte alta de los muslos.

–Si tú lo dices –respondió él con un brillo especial en la mirada–. Pero debo advertirte que esta parte de la piel es muy sensible y si se descuida pueden producirse quemaduras muy graves.

Heath siguió aplicándole la crema por los muslos, cerca del trasero, hasta que ella se sentó bruscamente como si hubiera recibido una descarga eléctrica.

–Dame la crema.

Él obedeció sin rechistar, pero ella adivinó que sus ojos negros de diablo se estarían riendo bajo las gafas. Él se tumbó boca arriba con los codos apoyados en la arena, detrás de ella.

Amy dudó un instante, consciente de que él la estaba observando. Luego se aplicó la crema en los brazos y en los hombros con movimientos circulares, rápidos y enérgicos.

–Ten cuidado, no te vayas a arañar la piel. ¿Seguro que no quieres que yo lo haga? Te lo haría con más delicadeza.

Era evidente que estaba tratando de divertirse con ella.

Amy no le hizo caso y siguió dándose crema por el estómago y el vientre.

Tenía la piel muy caliente por el sol y notó la crema fría al aplicársela en el vientre. El cambio brusco de temperatura le cortó la respiración por un instante.

Heath se puso de pie y se acercó a ella con cara de preocupación.

–¿Se ha movido el bebé?

–No, ha sido la crema. Estaba un poco fría.

–¡Ah! Pensé que era el bebé –dijo él, tumbándose de nuevo en la arena–. ¿No lo has sentido aún?

–Lo vi moverse en la última ecografía que me hicieron, pero aún no lo he sentido. El doctor Shortt me dijo que comenzaría a notarlo en un par de semanas.

–Avísame cuando lo sientas… Por cierto, me parece que te has dejado un lugar…

–¿Qué? –exclamó ella, volviéndose para mirarlo.

–Necesitas un poco de crema por el pecho.

Amy se miró instintivamente el escote. Tenía la piel muy blanca en esa zona.

–Puede que tengas razón.

Pero no estaba tan loca como para poner a tocarse los pechos con Heath mirándola.

–¿Quieres que lo haga yo por ti?

–¡Basta ya, Heath! Me haces sentirme cohibida.

–Lo siento –replicó él arrepentido–. Te prometí darte tiempo y falté a mi palabra.

¿Qué quería decir con eso?, se preguntó ella. Debía estar hablando de la noche anterior. Se sentiría culpable. Pero, ¿por qué? ¿Acaso no se necesitaban dos para bailar un tango? ¿Acaso no había sido ella tan culpable como él? Si es que podía hablarse de culpas.

Antes de que ella pudiera decir nada, él se puso de pie.

–Necesito refrescarme un poco.

Amy sospechó que lo decía con doble sentido. Debía estar excitado. Por eso, había querido irse de allí al ver la playa desierta. No porque no quisiera estar con ella, como había supuesto equivocadamente. Sintió disiparse la preocupación que había estado sintiendo.

Vio a Heath saltando las olas y zambullirse luego en las aguas poco profundas de aquella playa. Contagiada de su energía, se levantó de un salto y corrió hacia el agua. Esperó a que él sacara la cabeza y entonces le echó un puñado de agua a la cara. Ella se echó a reír al verlo protestar.

–¡Me las vas a pagar!

–¡Agárrame si puedes! –exclamó ella, poniéndose a nadar.

Entre risas y bromas, pasaron el resto del día.

Amy esperaba expectante la llegada de la noche. Estaba convencida de que volverían a hacer el amor como el día anterior.

Heath también parecía estar a la espera. La miraba con un calor especial en los ojos cuando pensaba que ella no lo veía, y desviaba la vista cuando sus miradas se cruzaban.

Era un efecto recíproco. Cada vez que ella miraba su cuerpo alto y esbelto y recordaba su piel desnuda pegada a la suya, como en la noche anterior, sentía un fuego quemándola por dentro y la respiración se le aceleraba.

Ambos se sentían atrapados en aquella extraña fuerza magnética que los atraía mutuamente.

Amy nunca había pensado que pudiera pasarlo tan bien a su lado. Se habían reído. Habían charlado. Él había escuchado lo que decía y había contrastado con ella sus opiniones con una atención y un respeto que nunca había recibido de Roland.

Heath decidió llevarla esa noche a cenar a un popular restaurante de la isla.

Amy se puso el vestido de color bronce de nuevo. No llevaba más joyas que el medallón de oro y el anillo de Heath.

–Estás bellísima, Amy.

–Es el vestido que me compraste.

–Eres tú, Amy, amor, la que eres preciosa –exclamó el con una sonrisa.

Ella sintió un intenso rubor en las mejillas. Era algo que era incapaz de controlar. Su piel era como un barómetro de sus emociones. Nadie le había llamando antes preciosa. Bonita, femenina, elegante y distinguida sí, pero no preciosa.

Sabía que Heath lo creía sinceramente. Y ella tampoco iba a contradecirlo.

Fue una velada muy amena.

Amy se sentía muy a gusto con Heath. Estaba pendiente en todo momento de ella. Se sentía una mujer distinta. Como si se hubiera reencarnado esa noche en el cuerpo de otra persona. Hasta que una mirada sombría de Heath le hizo despertar a la realidad.

Estaba casada con él. Heath era su marido. Llevaba un hijo suyo en el vientre. Había estado todo el día tratando de demorar el momento de decírselo. Temía estropear una relación tan buena, pero tan frágil, que había ahora entre ellos. Deseaba poder disfrutar al menos de esa noche.

El catálogo de sus pecados era extenso y grave. Tan grave que había preferido soportarlos sola.

Cuando se levantó de la mesa, sintió un espasmo extraño.

–¡Heath! –exclamó ella, agarrándole por la manga, doblándose de dolor.

–¿Estás bien?

–No estoy segura –replicó ella, tratando de recuperarse–. No, no estoy bien.

–¿Dónde te duele? –preguntó él alarmado.

–En el estómago.

–¿Es el bebé?

–¡No lo sé! –exclamó ella, sintiendo un nuevo espasmo–. Heath, llévame a casa.

–En seguida, cariño –dijo él, haciendo una seña al camarero.

En menos de un minuto, estaban en el coche.

Amy estaba angustiada. El bebé…

Heath la agarró del brazo para tranquilizarla.

–No hay ningún médico en la isla en este momento. Pero hay una enfermera. Ella se reunirá con nosotros en el aeródromo.

–¿En el aeródromo?

–En cuanto nos diga que no hay ningún problema, volveremos a casa. Haré todo lo que esté en mi mano para que no pierdas a tu bebé.

El doctor Shortt se guardó el estetoscopio en la bata después de examinar a Amy.

Estaba echada en la cama del dormitorio de Heath en Chosen Valley.

–La enfermera de la isla hizo un diagnóstico correcto. Se trata de una intoxicación alimentaria. Necesitaría reposo y tomar líquidos abundantes durante los próximos días.

–¿Y el bebé? –preguntó él angustiado.

–Dependerá del tipo de bacteria que haya causado la intoxicación. Hay algunas sustancias que pueden afectar al feto. Tomaré unas muestras y las mandaré al laboratorio para hacer un cultivo. Tendremos que esperar un par de días al resultado.

–¿Hay riesgo algún de aborto?

–Si se tratara de un caso de listeriosis, no habría que descartarlo. De ser así, el aborto podría producirse en un plazo de veinticuatro horas.

Heath la miró angustiado. Estaba pálida y demacrada. Había tenido fiebre, náuseas y vómitos. El viaje de regreso en el helicóptero desde Mataora había sido una verdadera pesadilla para ella.

–Amy, amor, tranquilízate. No va a pasar nada.

–Gracias, Heath, por consolarme –dijo ella con una triste sonrisa.

Heath le devolvió la sonrisa y luego se volvió hacia el médico.

–Gracias por venir, doctor.

–Siento que haya sido por estas circunstancias. Llámame si hay algún problema. De todos modos, me pasaré a verla mañana por la mañana.

Heath acompañó al doctor Shortt a la puerta.

Cuando se hubo marchado, Heath se acercó a la cama y le tomó la mano.

–En unos días te sentirás como nueva. Ahora lo que tienes que hacer es ponerte bien.

Heath estaba tratando de darle ánimos, disimulando sus propios temores. Si ella perdía al bebé, ya no tendría sentido su matrimonio. No habría ninguna razón para que siguiera casada con él. Tenía que hacer todo lo posible para que el bebé saliera adelante.

***

Tres días después, Amy se sintió muy débil y fatigada, aunque las náuseas y los vómitos habían pasado. Se sentía a disgusto metida todo el día en el dormitorio de Heath, pero él no la dejaba levantarse de la cama.

Había echado a perder la luna de miel en la que Heath había puesto tanta ilusión y echaba de menos su trabajo. Quedaban ya pocos días para el Festival de Verano.

Había tenido muchas visitas esos tres últimos días. Su padre, los padres de Heath, Joshua, Alyssa y Megan. A pesar de sus palabras de ánimo, sabía que todos estaban muy preocupados por ella. Le seguía doliendo el estómago y debía haber perdido más de cuatro kilos.

Los resultados de las pruebas del cultivo confirmaron que había tenido una salmonelosis.

El doctor Shortt fue a verla al cuarto día por la mañana. Le tomó la temperatura y vio que no tenía fiebre. Luego la tranquilizó diciéndole que el bebé no corría ningún peligro.

Amy sintió como si se hubiera quitado un gran peso de encima, como si le hubieran concedido el indulto de una condena severa.

Cuando el doctor Shortt se marchó, ella se dejó caer en el almohadón, el ruido de la puerta de la habitación interrumpió sus pensamientos.

–¿Cómo te sientes hoy, hermana? –dijo Megan, acercándose a la cama.

–Mejor que nunca. La salmonelosis no nos dejará ninguna secuela, ni al bebé ni a mí.

–¡Esa es una gran noticia! –exclamó Megan, inclinándose hacia ella para darle un abrazo–. Me
alegro mucho. ¿Y para cuándo esperáis al bebé?

–Para final de junio –respondió Amy, tocándo-
se el vientre.

–Tenemos que ir de compras. Nunca he comprado vestidos de premamá ni cunas ni cochecitos
–dijo la hermana de Heath, frotándose las manos
de gozo.

Amy esbozó una sonrisa. Megan podía serle de
gran ayuda. No podía contar con Heath para eso.
Después de todo, él pensaba que el bebé no era
suyo. Y con razón. Ella le había dicho que estaba
embarazada de tres meses, en vez de dos, para que
creyera que el bebé era de Roland.

–No había pensado aún en eso, pero me gustaría contar con tu ayuda. No sabes cuánto me alegra que estés aquí. Toda mi vida quise tener una
hermana.

–Yo también. A pesar de lo mucho que quiero a
mis hermanos. Pero tú eres ahora parte de la familia. Todos estamos muy contentos por ti. Y por Heath.
Lo veo tan feliz…

Amy se extrañó al oírlo.

–¿Heath es feliz?

–Está como en una nube. Es maravilloso que
esté enamorado de ti.

No podía creerlo. ¡Megan pensaba que Heath
la amaba!

–Me alegra que pienses que es algo maravilloso
–replicó Amy con una sonrisa incierta.

–Shh –dijo Megan, llevándose el dedo índice a los labios–. Si mi hermano nos oyera diciendo estas lindezas, podría ofenderse. Lleva muchos años con su fama de chico malo –añadió ella con una sonrisa irónica–. No nos lo podíamos creer en casa cuando nos dijo que ibais a casaros. Mamá pensó que podía haber algún motivo oculto, pero Heath le dijo que iba casarse contigo solo porque te amaba.

Megan siguió hablando, pero Amy ya no le prestó atención. Sus palabras ya no tenían ningún interés para ella, después de aquella bendita confesión. Heath la amaba.

Cuando Megan se marchó, ella se quedó pensativa mirando al techo.

Aquella revelación daba un giro radical a su forma de ver las cosas y un nuevo sentido a la conducta de Heath. Recordó lo atento que se había mostrado con ella en Mataora y lo preocupado que había estado durante su enfermedad. Aún podía ver el brillo de sus ojos.

Eso era amor.

Se sintió embargada por una gran sensación de bienestar. De pronto, el futuro parecía más prometedor.

Heath llegó a casa poco después. Ella sintió que se le revolucionaban las hormonas cuando lo vio entrar. Alto, varonil, atractivo. Le dirigió una radiante sonrisa llena de alegría.

–Te veo mucho mejor –dijo él–. ¿Te gustaría que te llevara abajo? El cuarto de estar es muy acogedor. Puedo abrir las puertas de la terraza para que entre el sol. Y luego, cuando se haga de noche, podemos encender las luces del árbol de Navidad.

—Eso suena encantador. Pero puedo bajar yo sola.

—No necesitas fatigarte —dijo él, acercándose a ella y levantándola en brazos.

Ella se agarró a sus hombros, cautivada por el aroma a limón de su loción de afeitar y su propio aroma masculino, mientras él bajaba las escaleras con ella en brazos. Una vez en el cuarto de estar, Heath la dejó en el sofá con mucha delicadeza.

—Te traeré una manta para las piernas.

—No hace falta —dijo ella—. Estoy bien así.

Heath salió del cuarto y ella le oyó poco después hurgando en el armario del pasillo.

Amy empezaba a darse cuenta de lo solícito que era con ella. Su padre tenía razón cuando le dijo que Heath estaba siempre donde se le necesitaba, firme y sólido como un viejo roble. Ella había estado ciega, no viendo ese lado suyo.

Le había hecho sentirse una mujer especial por primera vez en su vida cuando más lo necesitaba. Le había dado algo a lo que aferrarse cuando pensaba que el mundo se le venía abajo tras la muerte de Roland. Habían concebido un hijo.

Cuando Heath volvió, le cubrió las piernas con la manta y luego se sentó en un sillón a su lado.

—El doctor Shortt me llamó para decirme que había venido a verte esta mañana y que te había encontrado muy bien.

–Sí, confirmó lo de la salmonela.

–Me dijo que tanto el bebé como tú estabais fuera de peligro.

–Sí, ha sido un gran alivio –dijo ella con una sonrisa–. Todo parece que va solucionándose. Tu hermana vino a verme también esta mañana.

Heath arqueó las cejas.

–Supongo que vendría a llenarte la cabeza con lo del Festival de Verano y a animarte a que te reincorporaras al trabajo, ¿me equivoco?

–Solo quedan cinco días.

–No te preocupes por eso, Amy, amor. Alyssa y mamá se están encargando de todo.

Amy se quedó un instante pensativa.

–Megan me dijo algo muy interesante.

–¿Qué? –preguntó él, sin aparentar demasiado interés por lo que su hermana hubiera podido decirle.

–Me dijo que estás enamorado de mí.

–¿Y tú la creíste? –replicó el sin inmutarse.

Amy sintió un vuelco en el corazón. La expresión de Heath no parecía la de un hombre enamorado. Tal vez Megan había interpretado mal sus sentimientos.

–¿Vas a negarlo? –preguntó ella.

–No lo estoy admitiendo, precisamente –respondió él con cierta aspereza–. No debes creer todo lo que mi familia te diga. Ellos piensan que te amo. ¿Qué otra razón podría haberles dado para casarme contigo?

Toda la alegría y la confianza que ella había

acumulado esas últimas horas pareció desinflarse como un globo.

–Pero... ¿no creían que lo hacías por el bien del hijo de Roland?

–Eso es lo que tú creías. Pero, a ellos, les habría disgustado que lo hubiera hecho por eso.

–¿Qué quieres decir?

–Mi madre no tenía mucha fe en el futuro de nuestra boda. Al menos de esta manera, pensando que yo te amaba y que podía así ayudarte a sobrellevar el dolor por la muerte de Roland, podía dar a mi familia una esperanza de que nuestro descabellado matrimonio pudiera funcionar.

Amy sintió que se le paraba el corazón. Era como si estuviera caminando por un terreno de arenas movedizas. Cada paso que daba empeoraba las cosas.

–Pero puede funcionar. Sé que va a funcionar.

–Por el bien del bebé. Lo sé –dijo él con una expresión carente de emoción–. No te preocupes, Amy, no pienso dejarte nunca.

–Ya lo sé. Confío en ti, Heath.

–¿De veras?

–Sí –replicó ella con un suspiro–. Te he juzgado mal en el pasado. Pensaba que eras un irresponsable en el que no se podía confiar. No supe ver al Heath verdadero.

–¿Y ahora sí? ¿Solo porque mi hermana te ha dicho que estoy enamorado de ti?

–Está bien, no debería haberla creído. Ha sido una estupidez, lo admito.

–No es el amor lo que nos une, Amy. Sino algo mucho más elemental.

Amy se sintió apesadumbrada al oír la forma en que él menospreciaba lo que ella consideraba tan importante hacía solo unos minutos.

Heath se acercó a ella como una pantera en busca de su presa y la besó en la boca por sorpresa. Fue un beso despiadado que le hizo estremecerse.

–Esto es lo que nos une. Y no se llama amor. Tú nunca me amarás y yo…

–No lo digas –replicó ella, tapándose los oídos.

No quería oírle denigrar la ternura que había nacido entre ellos durante su efímera luna de miel. No quería oírle rebajando ese sentimiento con una palabra vulgar.

Era evidente que no la amaba. Nunca la había amado.

–No discutamos –dijo ella, tratando de cerrar el abismo que parecía haberse reabierto entre ellos–. No debemos olvidarnos del bebé. Siempre estará con nosotros para unirnos.

–Sí. El bebé de Roland –replicó él con un tono de resignación.

–¡No! No es el bebé de Roland. ¡Es tu bebé!

–¿Mi bebé? –exclamó él–. ¿Por qué me lo dices ahora?

–Puedes considerarlo un regalo de Navidad adelantado –dijo ella, arrepintiéndose al instante de la ligereza de sus palabras–. Lo siento…

–¿Qué te hace creer ahora que el bebé no es de Roland?

No podía decir que siempre lo había sabido. Le avergonzaba la idea de que él descubriera que le había mentido.

—Deja de mirarme así.

—¿Fue un error de cálculo del doctor Shortt?

—No, no fue un error suyo. Yo…

Heath la miró con los ojos entornados como dos grietas negras profundas.

—¿No fue un error?

—No, te mentí —confesó ella sin rodeos, desviando la mirada.

—¿Me mentiste? —exclamó él con cara de incredulidad.

—Sí. Te mentí. Yo, doña Perfecta —replicó ella con amargura.

—Yo nunca te he llamado así.

—Debes haber sido el único.

Un brillo extraño pareció salir de las profundidades de sus ojos negros.

—En cambio, vi un lado tuyo que tal vez nadie más vio. Fuego.

¡Horror! ¿Se habría dado cuenta él de la pasión que anidaba en su pecho?

—¿Fuego? Eso suena peligroso. Creo que preferiría que me siguieras considerando una chica aburrida.

—Que todos te llamaran doña Perfecta no significaba que pensaran que fueras una sosa. Gustabas a todo el mundo. Eras una chica ejemplar, amable y servicial, en la que se podía confiar.

—O sea una sosa y una aburrida.

–Esa mezcla de cosas es lo que te hace tan especial.

–Supongo que ya no te pareceré tan especial después de haberte mentido.

–Sigues siendo muy especial para mí… Pero esto cambia las cosas.

–¿Cómo? –preguntó ella muy asustada.

–No lo sé… –respondió él, poniéndose de pie. Necesito aclarar las ideas.

Amy vio impotente cómo el hombre con el que se había casado la dejaba sola. El hombre que había conocido desde niña, pero que solo había empezado a conocer de verdad hacía unos días.

Sintió un extraño malestar en el estómago que nada tenía que ver con la salmonela. Deseó desesperadamente que volviera. Comprendió que había esperado demasiado tiempo para decirle la verdad.

Capítulo Nueve

Heath anduvo largo rato por entre los viñedos, pero nada parecía mitigar su desazón y su angustia. Amy le había mentido.

Jock, el camarero bigotudo del Roaring Boar, le recibió como al hijo pródigo.

–Cuánto tiempo sin verte por aquí, Heath.

Heath echó un vistazo a su alrededor. El local era muy popular y estaba muy concurrido, como todos los viernes por la noche.

–Me alegra que aún sigas aquí, Jock –replicó Heath, dándole unas palmadas en el hombro.

Jock había sido testigo de sus errores de juventud, pero nunca le había recriminado nada.

–Sí, creo que seguiré aquí al pie del cañón hasta el día que me muera –dijo Jock con una amplia sonrisa que se desvaneció con sus siguientes palabras–: Siento mucho lo de tu hermano.

Heath no había ido allí a hablar ni a recordar el pasado, sino a emborracharse

–Gracias –respondió Heath con gravedad–. Ponme un whisky doble, por favor.

Jock le lanzó una mirada de extrañeza, pero se mordió la lengua y se volvió hacia las repisas de cristal llenas de botellas que había a su espalda.

La barra estaba muy concurrida. Heath vio un asiento libre en un extremo y fue a sentarse. Tomó el vaso. Sintió el frío y la suavidad del cristal entre los dedos. El color ámbar del whisky le recordó los ojos de Amy.

¡Maldita sea!, no podía dejar de pensar en ella. ¡El bebé era suyo! No podía creerlo.

Alzó el vaso y lo dejó de nuevo, sin probarlo.

Amy había sabido que él era el padre de su bebé desde el primer día. Le había confesado que le había engañado con las fechas. Sabía que el bebé había sido concebido aquella noche que pasaron juntos.

Él, el hermano menor de Roland, el chico malo, el joven insensato y pendenciero habría sido el último hombre sobre la tierra que ella habría elegido como padre de su hijo. Entonces, ¿por qué demonios había aceptado casarse con él?

Conociendo a Amy, sabía que ella nunca se casaría con un hombre que no fuera el padre de su bebé. Creyó verlo todo claro. Había aceptado casarse con él porque no le había quedado otra opción, porque no había tenido más remedio. Cerró los ojos.

Ella nunca lo había amado.

¡Maldita sea! Esas últimas semanas, él había hecho todo lo posible para que ella se sintiera a gusto a su lado. Sin embargo, ella no había demostrado el menor…

Sí, Amy lo deseaba. Pero le molestaba sentir ese deseo que los unía. Buscó el vaso a tientas. Echó un trago sin pensarlo. Sintió el sabor amargo del licor quemándole la garganta. Reprimió el impulso de escupirlo.

El hombre que había a su lado se revolvió en el taburete y le dio accidentalmente con el codo. El vaso de whisky se le derramó por la camisa.

Heath trató de controlarse y aceptó sus disculpas.

¿Qué demonios estaba haciendo allí?, se preguntó él. Tenía una esposa esperándolo en casa. Una esposa que estaba embarazada y había estado enferma recientemente. Una esposa que creía que había salido a dar un paseo. Y él se estaba comportando como el irresponsable que ella había creído siempre que era. Emborrachándose esa noche, no iba a conseguir precisamente que se enamorase de él.

Al menos, Amy ya sabía que él no la amaba. Su orgullo no le había dejado otra opción que ocultar sus sentimientos cuando ella le había puesto entre las cuerdas preguntándole si la amaba. No quería que Amy sintiera lástima de él. Su maldito orgullo era ahora casi todo lo que tenía.

Y Amy. Y el bebé. Eso era mucho más de lo que tenía hacía solo unos meses.

A pesar de la mentira de Amy, su matrimonio aún no estaba roto. El destino le había deparado una sorpresa feliz. Él, y no su hermano, era el padre del bebé de Amy.

Se levantó del taburete, dejó un billete de veinte dólares en el mostrador y se dirigió a la puerta con renovado optimismo.

Él amaba a Amy, el bebé era suyo y no iba a eludir esa responsabilidad. Amy tenía que saber que él tenía intención de estar junto a ella cada minuto de la vida de su hijo.

Amy llevaba esperando su regreso desde hacía cinco horas. Al principio, había estado pensando la disculpa que debía ponerle por no haberle dicho antes lo del bebé. Luego había empezado a preocuparse por su tardanza y ahora estaba realmente desesperada.

Tomó el teléfono y pulsó el botón de llamada. Oyó varios tonos, pero nadie respondió. Estaba ya a punto de colgar cuando oyó la voz de Heath.

Nunca había sentido tanta alegría al oír su voz.

−¿Por qué no has contestado a mis llamadas?

−Me dejé el móvil en el Lamborghini.

−¿Dónde estás?

−Saliendo del The Roaring Boar.

−¿Del pub? −exclamó ella casi llorando−. Pensé que podrías haber tenido un accidente, pero al parecer ¡solo estás borracho!

−¿Amy? ¿Amy? ¿Estás ahí? ¿Estás bien?

No, no estaba bien. Estaba furiosa. Y asustada.

−Sí. Estoy bien.

−No estoy borracho −la voz de Heath no llegaba muy clara a través de la línea−. Ni siquiera me terminé la copa que pedí. Pero, si me olieras ahora, pensarías lo contrario.

−¿Por qué?

–Un tipo me echó el vaso de whisky encima.

–¿Te peleaste con él?

Eso sería típico de Heath, el pendenciero.

–No, no hubo ninguna pelea. No pasó nada… –la conexión telefónica parecía perderse por momentos– … a casa.

–¿Qué has dicho?

–Que estoy volviendo a casa.

La comunicación se cortó.

Heath estaba camino de casa. Amy suspiró aliviada. Se limpió las lágrimas con el pañuelo.

Se dirigió al cuarto de estar y se dejó caer en el sofá esperando su llegada.

Había estado varias horas angustiada por él. Pero no solo porque temía lo que pudiera haberle ocurrido. Era algo más que eso. Se había dado cuenta de que estaba enamorada de él.

Heath entró en la casa y dejó las llaves en el baúl de madera del recibidor. Olía a cera y a esencia de limón con un toque de nardos. Se dirigió con paso rápido al cuarto de estar.

Estaba vacío. Parecía evidente que Amy no le estaba esperando. ¿Por qué iba a hacerlo? ¿Cómo podría sentirse después de esa muestra de desafecto?

Necesitaba una ducha. Luego iría a disculparse con Amy.

Salió del cuarto de estar y subió la escalera. Cuando entró en el dormitorio, sintió un vuelco en el corazón. Amy no estaba allí. Sin embargo, la lámpara de la mesita de noche estaba encendida y la bata de Amy en la cama. Aún estaba presente su perfume a nardos.

Sintió el latido del corazón acelerado al oír un ruido en el cuarto de baño.

Amy se contempló en el espejo. A pesar de su reciente enfermedad, tenía la piel tersa y brillante. El embarazo le sentaba bien. Tal vez su matrimonio podría construirse sobre esa atracción mutua que había entre ellos… y sobre la ternura y el sentido de protección que él demostraba hacia ella. Tal vez, Heath podría llegar a amarla con el tiempo.

Volvió la cabeza al oír un sonido detrás de ella. Se encontró con la mirada penetrante de Heath.

–Has vuelto.

Heath se acercó a ella muy decidido.

–Siento que hayas estado preocupada por mí.

–Pensé que…

–Sí, me lo imagino. Supondrías que habría tenido un accidente. No tengo disculpa.

–Está bien.

Ella le debía una disculpa mucho mayor por no haberle dicho la verdad. Bajó la mirada avergonzada. Entonces advirtió las manchas de su camisa. Se acercó a olerlas.

–Sí, huelo a bar. Necesito una ducha –dijo él, abriendo el grifo.

Se hizo un silencio tenso.

Heath volvió la cabeza, con los ojos ardiendo de emoción.

–Amy, no sabes lo contento que estoy de que nuestro bebé esté bien.

Amy sintió una alegría indescriptible al oír esas palabras.

–Yo también –replicó ella con un nudo en la garganta.

Heath se quitó la camisa manchada de whisky, descubriendo sus poderosos pectorales. Luego se despojó del resto de la ropa.

Amy sintió que le faltaba la respiración.

–¿Vienes? –dijo él, arqueando una ceja.

Amy trató de darse ánimos. Necesitaba resarcirse de la angustia que había vivido las últimas horas. Se quitó el camisón y entró en la ducha. La cabina estaba ya caliente y llena de vapor.

Heath la enjabonó, acariciándole el cuerpo con movimientos lentos y suaves.

–Eres tan hermosa…

Ella sintió que los pezones se le ponían duros y tersos con sus caricias. Era un sensación muy placentera sentir sus manos y el chorro del agua caliente a la vez sobre su cuerpo.

Antes de lo que ella hubiera deseado, él la sacó de la ducha, la envolvió en una toalla de baño blanca y la tomó en brazos.

Ella se quedó helada mientras él la dejaba suavemente junto a la cama para secarla con la toalla. Ella se sonrojó. Heath se quitó la toalla. Le tocó el vientre. Allí dentro estaba su hijo.

–Esto es más de lo nunca habría esperado –dijo él, besando la suave piel de su vientre.

–¿A qué te refieres?

Heath le dio otro beso en el vientre y luego alzó la cabeza.

–A ti… y a nuestro bebé.

–¿Deseabas un hijo? –preguntó ella, desgranando tímidamente las palabras.

–Sí, lo esperaba. Lo deseaba. Rezaba por él todos los días. Pero nunca creí que esto sucediera…

–¿Te refieres a nosotros?

Él no respondió. En vez de ello, le apartó las piernas con las manos y se puso a acariciar con los dedos los intrincados pliegues carnosos de entre sus muslos.

Amy se quedó sin aliento.

Él bajó la cabeza para recorrer con los labios y la lengua el camino que ya habían trazado sus dedos. Amy empezó a jadear y gemir, embriagada de placer.

Al cabo de unos minutos, se apartó de él.

–Ahora me toca a mí.

Heath se resistió un instante, pero ella no estaba dispuesta a detenerse. Acercó la boca a su miembro y lamió y chupó su carne firme y dura con tal avidez y entrega que casi consiguió volverlo loco.

Él trató de controlarse, pero cuando pensó que ya no podía aguantar más, se colocó encima de ella y la besó en los labios suavemente. Luego, muy despacio, entró dentro de ella.

Sus empujes, deliberadamente lentos, iban provocando, en los dos, oleadas crecientes de placer.

Un empuje más y ambos llegaron al clímax final. Después, Heath se echó a un lado y se quedó abrazado a su esposa. Durante largo rato, estuvieron así, tranquilamente, en silencio, bajo las sábanas.

Finalmente, él volvió la cabeza y la miró a los ojos.

–Hay algo que necesitas saber.

Ella se alarmó al oír esas palabras.

–¿Qué?

–Nunca abandonaré a mi hijo. Ni a ti. Este matrimonio saldrá adelante, pase lo que pase.

Ella no dijo nada, simplemente le sostuvo la mirada.

Pero a Heath no le gustaban los silencios. Quería saber lo que ella estaba pensando. Retiró la mano de su vientre y le apartó el pelo de la cara.

–¿Cómo podías estar tan segura de que el bebé era mío?

Amy le dirigió una sonrisa agridulce.

–Muy fácil. Yo nunca hice el amor con Roland.

–¿Qué?

–Tú ha sido el único. Quería ir virgen al matrimonio. Deseaba una noche de bodas blanca.

–¿Por qué no me dijiste aquella noche que… parase? Me habría costado mucho, pero lo habría hecho. Nunca habría tomado de ti un regalo tan precioso si lo hubiera sabido.

–¿Cuál es el problema? –dijo ella, encogiéndose de hombros y arrimándose un poco más a él–. Decidí reservar mi virginidad… Eso fue causa de muchos desencuentros con Roland. Cuando él murió, pensé que no valía la pena seguir reservándome por más tiempo.

–Aprecio tu sinceridad. Tú eres el amor de mi vida. El tipo de mujer que buscaba en todas las mujeres con las que estuve. La mujer que nunca creí que llegaría a ser mía. Desde que tenías dieciséis años. Pensé que eras demasiado joven para mí, pero decidí esperarte.

Amy se tapó la boca con las manos.

–Y yo me enamoré de Roland. Todo el mundo lo supo aquel día que cumplí diecisiete años y Rolad me regaló el precioso medallón. Pensé que era mi alma gemela. ¡Estúpida adolescencia!

–Me dije entonces a mí mismo que lo único que deseaba era que fueras feliz. Pero me engañaba. Te deseaba para mí.

–¡Oh, Heath! ¡Cuánto debiste sufrir cuando supiste que Roland y yo íbamos a casarnos!

–Esa fue una de las razones por las que me volví tan hostil con la gente. Las disputas con mi padre no fueron la única razón por la que decidí marcharme de Saxon´s Folly. No quería oír nada de los preparativos de vuestra boda. Soy un pecador, mi dulce e inocente Amy. Todas las cosas malas que has oído sobre mí son verdad.

–No creas que me vas a asustar, Heath –dijo ella, dándole un beso en el cuello.

Él tuvo que controlarse para no agarrarla de las caderas, ponerla a horcajadas y volver a hacer el amor con ella.

–Pues deberías.

–No podrías haber hecho nada peor que lo que yo he hecho.

–¿Tú? –dijo él, negando con la cabeza–. No, Amy. Tú eres la mujer más perfecta del mundo.

–No, no lo soy… ¿Cuál fue ese pecado tan terrible que cometiste?

–¡Codiciar a la prometida de mi hermano! Y luego…

–Basta, Heath. Intentaste prevenirme diciéndome que Roland no era el hombre adecuado para mí.

–No fue solo eso. Tú no sabías que él salía con otras chicas.

–Nadie me lo dijo.

–Yo no podía. Roland era mi hermano. Le debía lealtad. Además, si te lo hubiera dicho y se hubiera descubierto lo que sentía por ti, habría parecido el hombre más despreciable del mundo.

Amy se apretó contra su cuerpo.

–Lo comprendo. Así que trataste de avisarme y yo me negué a escucharte. Hasta esa noche trágica. Acababa de romper con Roland, ¿lo sabías?

Heath negó con la cabeza.

–Me enteré de que estaba teniendo una aventura –continuó ella–. Le pedí explicaciones. Le dije que el hombre con el que me casase debía serme fiel… que no quería a alguien que me engañara. Por eso me sentí tan culpable cuando murió. Le había prometido casarme con él y rompí la promesa. Si no nos hubiéramos peleado, tal vez no habría muerto.

–¡Oh, Amy! –exclamó Heath, abrazándola–. No debes sentirte culpable. Él incumplió su promesa primero, siéndote infiel. Tenías motivos más que suficientes para romper vuestro compromiso.

–Él no quería romper. Estaba muy enfadado. Pero yo insistí. Fue culpa mía. Yo tuve la culpa del accidente al exasperarlo y no dejarle concentrarse en la carretera.

–Tú no tuviste la culpa de nada. No querías que Roland muriera. Ni yo tampoco. Quería a mi hermano –dijo Heath, acariciándole las mejillas–. Yo te amaba. Fue una fatalidad.

–Hay algo que no entiendo. ¿Por qué Roland quería casarse conmigo si no podía renunciar a estar con otras mujeres?

–¿Quién sabe? Tal vez te amaba tanto como yo, a pesar de todo. ¿Conocía él tu deseo de llegar virgen al matrimonio?

–Sí.

–Tal vez eso pudo ser la causa. A Roland le gustaban mucho los desafíos.

–Es posible, aunque nunca lo sabremos.

–Nunca olvidaremos esas cosas que nos gustaban de él. Su energía. Su generosidad. Su entusiasmo… Y tampoco debes olvidar nunca que te amó.

–¡Oh, Heath! Yo te amo. Me siento tan feliz de haberte encontrado…

–Amy, amor, no necesitabas ir muy lejos para encontrarme, vivía al lado de tu casa –dijo Heath con una sonrisa burlona.

–Sí, digamos que no supe ver lo que tenía delante de los ojos. Pero ahora estás conmigo, que es lo importante.

–Siempre estaré a tu lado –dijo él, atrayéndola hacia sí y besándola suavemente.

Amy sabía que él nunca rompería esa promesa.

La mañana de la víspera de Navidad, día del Festival de Verano de Saxon´s Folly, amaneció fresca y luminosa. A media tarde, el sonido de la música de jazz resonaba por entre las viñas y las colinas circundantes.

La gente salía muy alegre de sus casas y, a eso de las tres, la extensa pradera que había frente a la plataforma, donde tocaba la banda, estaba cubierta de mantas. Las familias y las parejas disfrutaban del picnic a los acordes de la música.

Casi todos los Saxon estaba allí ese día. Y también el padre de Amy. A principios de semana, Alyssa y Joshua habían ido a Auckland. Por eso, Amy y Heath no le habían dicho aún a la familia lo de la paternidad del bebé. Esperaban tener a todos reunidos para decírselo.

–Estoy empezando a tener mis dudas de que podamos estar por fin todos juntos –dijo Heath, mirando por entre la multitud–. Estoy es una jauría de grillos.

Unos puestos más adelante, Heath compró una fuente de panecillos con verduras asadas y regresaron a la pradera. Sentados bajo un roble centenario, se pusieron a disfrutar de la comida.

–¿Estás bien? –preguntó él.

–Sí, no te preocupes. Tengo que darte las gracias por haberme cuidado durante mi enfermedad.

–En la salud y en la enfermedad –dijo él mirándola fijamente con una sonrisa.

Una mujer se acercó a ellos con una sonrisa.

–¡Heath Saxon!

Era Kelly Christie. Su cara era muy conocida en todos los hogares de Nueva Zelanda.

Amy sintió una duda angustiosa. ¿Habría sido la hermosa Kelly una de las conquistas de Heath? Por un instante, los viejos temores que creía haber ya superado parecieron resurgir en ella.

Pero no, no debía atormentarse con esas ideas. Heath la amaba. Solo a ella.

Había sido muy atento y cariñoso. No había hecho nada para que ella dudara de él.

–Me alegro mucho de verte, Heath –dijo Kelly con una sonrisa afectada–. Si no te importa, me gustaría acercar las cámaras para rodar unas imágenes y hacerte un par de preguntas para nuestro programa. Se emitirá mañana, a mediodía.

A Heath no le hizo ninguna gracia la idea de hablar con una presentadora de televisión para que lo vieran millones de personas.

Amy se dio cuenta en seguida de que Kelly no era una de sus ex. Y, a juzgar por su ceño, parecía que no había conseguido impresionar a Heath.

–Hoy no, Kelly –dijo Heath–. Ha sido una semana muy dura. Mi esposa y yo hemos venido a disfrutar un rato de la fiesta y queremos estar tranquilos.

–Sí, claro. Tu esposa. Emily, ¿no?

–Amy –replicó ella, corrigiendo a la presentadora.

La diosa televisiva del pelo rubio y los ojos azules, se quedó mirándola con una sonrisa irónica.

Él la rodeó con su brazo cálido y firme.

–¿Cómo te sientes después de haber conseguido cazar a los dos hermanos Saxon, Amy?

Entonces Amy tuvo una certeza. Esa mujer había sido amante de Roland. Era la celebridad de la que había oído hablar. ¿Habría estado enamorada de Roland? La mirada de despecho que veía en sus ojos parecía sugerirlo.

Amy la miró con lástima. Kelly era muy bella y tenía mucho éxito en su profesión, pero se había enamorado de un hombre que pertenecía a otra mujer. Un hombre que estaba comprometido y que no quería abandonar a su prometida. Eso debió escocerla mucho.

–Kelly, si me llamas después de Navidad, podríamos concertar una fecha para que entrevistes a la familia Saxon –dijo Amy con una dulce sonrisa–. Los cámaras y tú podríais acceder a los viñedos y las bodegas de Saxon´s Folly y Chosen Valley. Sería un exclusiva.

Kelly la miró sorprendida por un instante pero luego entornó los ojos con gesto receloso.

–Será un placer, Amy. Gracias –dijo Kelly, dándose la vuelta para marcharse.

Amy miró a Heath de reojo. Sus ojos parecían seguir a la presentadora de televisión con una extraña expresión de odio. Amy le agarró la mano y la apretó con fuerza.

–¡Kelly! –exclamó ella.

La presentadora volvió la cabeza al oírla.

–Si quieres, puedes decir en tu programa de Navidad que Heath y yo estamos esperando un bebé. El primer nieto de los Saxon. Eres la primera en saberlo. Así que, por favor, guárdanos el secreto hasta mañana para que podamos tener ocasión de decírselo a la familia.

–Amy, eres encantadora –dijo la presentadora, rendida ante su generosidad–. Ahora comprendo por qué todos los hombres de la familia Saxon te adoran. Gracias de nuevo.

Kelly saludó con la mano y se marchó con su famosa sonrisa.

–No estoy seguro de que haya sido una buena idea –dijo Heath, apretándole la mano–. Tal vez debería decir a Alyssa que llame a Kelly y cancele la entrevista.

–Pero pensé que la publicidad podría ser buena para nuestras bodegas. Su programa tiene mucha audiencia.

–Kelly Christie nos puede causar muchos problemas.

Amy comprendió que le había salido de nuevo su lado protector.

–Si te refieres a su romance con Roland, tengo que decirte que creo que estás equivocado.

–¿Por qué lo sabes?

–Te dije que sabía que había una mujer enamorada de Roland con la que él estaba teniendo una relación poco antes del accidente. Pero hasta ahora no sabía quién era.

–Pero Kelly no te dijo nada que…

–No hizo falta. Estaba celosa. Pude ver el dolor y la tristeza en sus ojos.

–Ha sido un gesto muy elegante y generoso, propio de una mujer de clase como tú. Creo que te has ganado su admiración para toda la vida.

La noche caía y las luces de la fiesta se encendían llenando el recinto de un pintoresco resplandor.

Alyssa y Joshua se reunieron con ellos y, poco después, llegó Megan también.

–¿Dónde están nuestros padres? –preguntó Heath.

–Se marcharon hace un rato –respondió Megan–. Mamá dijo que tenían que discutir un asunto muy serio. Pero no os preocupéis, iban agarrados de la mano.

–Papá tiene muchas cosas de las que arrepentirse –dijo Joshua–. Espero que mamá sepa perdonárselas.

Amy y Heath se cruzaron una mirada de complicidad. Su noticia tendría que esperar un día más.

–Ha sido un día maravilloso –dijo Amy con cara de felicidad.

—Ya podemos darnos un respiro hasta el festival del año próximo —dijo Joshua, y luego añadió al ver la expresión de contrariedad de su prometida—: No pongas esa cara. Ya sé lo que disfrutas con este festival.

—Es cierto —dijo Alyssa—. Me encanta colaborar con tu familia y sentirme parte de ella.

Joshua se inclinó y le dio un beso a su novia.

—Soy muy afortunado teniéndote a mi lado.

Amy se sintió contagiada por esa demostración de afecto que reinaba en la familia Saxon. Con aire ausente, se llevó la mano al medallón relicario que llevaba colgado del cuello. La noche antes de la boda había sacado de él la foto de Roland y había puesto una de Heath. Él era ahora su amor y deseaba llevar su imagen en el pecho.

—Es una joya muy bonita —dijo Alyssa, acercándose a ella para verla mejor—. Es victoriana, ¿verdad?

Amy asintió con la cabeza.

—Recuerdo que Roland te la compró para tu cumpleaños —dijo Joshua mirando a Amy—. Creo que fue cuando cumpliste los dieciocho, ¿no? Nos llevó a todos a la joyería para que le ayudáramos a elegir tu regalo, ¿recuerdas, Megan?

—Sí. Pero fue cuando Amy cumplió los diecisiete, no los dieciocho. Roland quería mi opinión —dijo Megan sonriendo.

Amy apretó el medallón entre los dedos. Esa joya significaba mucho para ella y siempre había creído que la había elegido Roland.

–¿Quieres decir que lo elegiste tú? –preguntó Amy.

Megan negó con la cabeza.

–No. Fue Heath quien lo eligió. Yo habría elegido algo más moderno, pero Heath dijo que a ti te gustaban las cosas clásicas con muchos adornos y escogió ese corazón de estilo victoriano. Él quiso comprártelo, pero Roland lo pagó antes de que pudiera hacerlo. Creo que Heath te envió unas flores en su lugar.

–Sí –replicó ella.

Casi había olvidado aquel precioso ramo de rosas blancas de tallos largos.

–¿No lo sabías, Amy?

–No, Heath nunca me dijo nada.

–¡Vaya! –exclamó Megan–. Creo que ya he vuelto a meter la pata de nuevo.

–Sí, eso parece –dijo Joshua, levantándose de la silla en la que estaba sentado–. ¿Qué tal si nos vamos a bailar, cariño? –le preguntó a Alyssa.

–Sí, yo también iré. Será lo mejor –dijo Megan.

Amy se quedó mirando a Heath. No necesitaba decirle nada. Él podía leerlo todo en sus ojos.

–Tú me amas –dijo ella.

–Siempre y para siempre –respondió él con la emoción a flor de piel.

–Debo ser la mujer más afortunada del mundo…

Amy se quedó callada cuando pasó junto a ellos un grupo de niños vestidos de angelitos con túnicas blancas y grandes alas de plata, llevando una vela en la mano. Formaron un círculo alrededor de la pradera de la fiesta y la banda de música se puso a interpretar una versión funky de *Joy to the World*. Toda la gente se puso a mover los brazos, cantándola a coro.

—Espero que haya ángeles donde Roland esté ahora —dijo Amy.

—Si los hay, estoy seguro de que Roland los encontrará —replicó Heath.

—Supongo que tienes razón —dijo ella con una leve sonrisa.

—¿Cansada?

—Aún faltan dos bandas por salir.

—Lo sé. Pero pensé que ya habrías tenido suficiente.

—Sí. Tal vez sea ya hora de buscar otra diversión.

—¿Y a qué estamos esperando? —exclamó con los ojos brillando como tizones encendidos.

Epílogo

Las campanas de Navidad repicaban a alegría cuando Amy y Heath salieron esa mañana de la iglesia agarrados de la mano.

El sol se alzaba sobre el mar bañando el cielo de tonos rosa y naranja. Un resplandor dorado anunciaba a la pareja su primera Navidad juntos.

Amy miró de soslayo a su marido.

—Gracias por venir conmigo esta mañana.

Heath le apretó la mano y ella supo, sin necesidad de palabras, que él estaba tan feliz como ella. El mensaje de amor del sacerdote les había calado en el alma. Ella no había podido reprimir las lágrimas. Se había sentido más cerca que nunca del hombre que amaba. Ya no tenía miedo de las críticas y de no estar a la altura de las circunstancias y de la imagen de chica buena que todo el mundo tenía de ella. Había encontrado el amor. El amor verdadero. Heath era su alma gemela, su compañero, su igual.

Había elevado al cielo una oración por la memoria de Roland y sospechaba que Heath había hecho otro tanto.

Su marido le abrió la puerta del Lamborghini.

En cuestión de minutos, estaban atravesando la

avenida flanqueada de robles que conducía a Saxon´s Folly.

La casa de estilo victoriano se asentaba sobre una colina cubierta de viñas. Sus grandes puertas de madera estaba abiertas.

La familia estaba esperándolos en el salón con los brazos abiertos. Había una enormidad de regalos junto al árbol de Navidad.

Nada más entrar, Ralph Wright se acercó a su hija y le dio un beso en la mejilla. Luego le estrechó la mano a Heath.

–Feliz Navidad a los dos.

–Gracias, papá –dijo Amy, sonriendo a su padre.

Megan, que estaba enviando un mensaje de texto con el móvil, lo dejó y fue a darles un abrazo con mucho entusiasmo. Alyssa y Joshua parecían más circunspectos, pero Amy podía sentir su cariño y su afecto.

–Heath –dijo Kay Saxon–, Rafaelo y Caitlyn acaban de llamar para desearos una feliz Navidad. Rafaelo ha dicho que están deseando vernos. Tal vez podríamos ir a España las Navidades próximas.

–Tendremos que celebrar también su boda –dijo Alyssa–. Y, hablando de bodas, Joshua y yo hemos fijado ya la fecha de la nuestra. Será el día de San Valentín del año que viene. Cae en sábado. Así que yo podéis ir reservando ese día.

Kay se apoyó en el brazo del sillón en el que su esposo estaba sentado y le dirigió una sonrisa cariñosa. Phillip le pasó un brazo por la cintura con una expresión llena de amor.

Amy y Heath se intercambiaron una mirada de satisfacción. Parecía que sus padres se habían reconciliado. Alyssa también se había dado cuenta y le dijo a Joshua algo al oído.

Heath tomó a Amy de la mano y se acercó a sus padres.

—Mamá, papá, tenemos un regalo para vosotros. Y para ti también, Ralph.

Kay y Phillip miraron a la pareja con una mezcla de sorpresa y curiosidad.

Ralph se acercó un poco más a ellos.

—Espero que hayáis decidido quedaros en Saxon´s Folly —dijo Phillip.

—Sí, papá. Pero ese no es el regalo al que nos referíamos. Queremos vuestra bendición.

—¿Nuestra bendición? —exclamó Kay perpleja.

Se produjo un silencio expectante en todo el salón.

—Yo soy el padre del bebé de Amy. Nuestro bebé nacerá en junio.

—A mí no me sorprende nada —dijo Ralph.

Todos se pusieron a hablar a la vez. Hubo risas, lágrimas y abrazos.

Cuando todo volvió a la normalidad, Heath miró a Amy con una sonrisa.

—Te amo.

Ella, por toda respuesta, lo besó dulcemente bajo un ramo de muérdago.

Toda la familia se acercó alrededor del árbol de Navidad donde estaba colgados los regalos.

—La Navidad próxima, tendremos un nuevo

miembro en la familia –dijo Heath mirando a Amy–. El primer nieto de los Saxon.

Amy sonrió complacida. Sabía que él estaba pensando que su matrimonio y su hijo habían llevado la felicidad a aquella casa.

–Espero tener muchos más –dijo Kay, entregando los regalos a todos–. Que seáis muy felices y que os améis igual que hoy todos los días de vuestra vida.

–No hay nada tan maravilloso como estar toda la familia reunida en un día de Navidad –dijo Amy, radiante de felicidad.

Deseo

AMOR ENTRE VIÑEDOS

KATE HARDY

Xavier Lefevre seguía siendo el hombre más atractivo que Allegra había visto en su vida. De hecho, se había vuelto más sexy con los años. Pero habían cambiado muchas cosas desde aquel largo y tórrido verano de su adolescencia. Ahora, su relación era estrictamente profesional: les gustara o no, compartían la propiedad de unos viñedos y, desde luego, ella no estaba dispuesta a venderle su parte.

Allegra tenía dos meses para demostrarle que podía ser una socia excelente, y para convencerse a sí misma de que no necesitaba a Xavier en su cama. Pero ¿a quién intentaba engañar?

Su razón se negaba,
pero su cuerpo lo estaba deseando

¡YA EN TU PUNTO DE VENTA!